EL GRAN GATSBY

F. Scott Fitzgerald

Edimat Libros, SA

Copyright © EDIMAT LIBROS, SA
C/ Primavera,10, nave 35
28500 Arganda del Rey
MADRID-ESPAÑA
www.edimat.es

ISBN: 978-84-9794-601-8
Depósito Legal: M-1308-2024

Título: El gran Gatsby
Título original: *The Great Gatsby*
Autor: F. Scott Fitzgerald
Traducción: Antonio Arroyo de Mena
Diseño e ilustraciones de cubierta: Karakachoff Estudio

Impreso en España - *Printed in Spain*

INTRODUCCIÓN

Francis Scott Key Fitzgerald, conocido como F. Scott Fitzgerald, o simplemente como Scott Fitzgerald, es uno de los escritores más sobresalientes de la novelística norteamericana del siglo xx, englobado en la denomidada *Generación Perdida* junto a William Faulkner y Ernest Hemingway.

Nació dentro de una familia católica de clase media en Saint Paul, estado de Minnesota, en 1896, con antecedentes ingleses e irlandeses. Por razones de trabajo, su familia emigró a la ciudad de Buffalo, estado de Nueva York, donde él se educó en escuelas católicas. Ya destacaba por su inteligencia y su interés por la literatura. La familia regresó a St. Paul en 1908 y él estudió en la *St. Paul Academy* y posteriormente en la escuela preparatoria Newman, en Nueva Jersey. Allí, el padre Sigourney Fay —a quien en 1920 dedicó su primera novela, *A este lado del paraíso*— lo animó a hacerse escritor.

Entró en la Universidad de Princeton en 1913. Allí escribió artículos y poemas para varias revistas literarias de índole universitaria. Y allí empezaron sus difíciles amores, en este caso con Ginevra King, cuyos rasgos modeló en varios personajes de su obra. La familia de ella lo menospreciaba como pretendiente de Ginevra al ser él de una clase social inferior; al parecer el padre de ella le dijo que «los jóvenes pobres no deberían ni pensar en casarse con muchachas ricas».

De resultas de esta decepción se alistó en el ejército, los Estados Unidos habían entrado ya en la Primera Guerra Mundial, pero esta terminó antes de que su regimiento fuese enviado al frente occidental. Como no esperaba sobrevivir a la lucha armada, escribió anteriormente un largo texto que tituló *El egotista romántico* de cara a su publicación, cosa que no consiguió en un primer momento. Ese texto figura hoy en su novela *A este lado del paraíso*.

En junio de 1918, en Montgomery, estado de Alabama, donde estaba destinado su regimiento, conoció a Zelda Sayre, de diecisiete años por entonces, hija de una importante familia del Sur. El regimiento de Fitzgerald fue enviado a Long Island, Nueva York, y estando en ese destino se firmó el armisticio en 1918. Regresó entonces a Montgomery y prosiguió su relación con Zelda, no llegándose al matrimonio porque ella se negó hasta que él tuviese éxito económico.

Fue a Nueva York e intentó encontrar trabajo en varios periódicos sin conseguirlo y siguió trabajando en una agencia de publicidad. Desde allí formalizó su compromiso matrimonial con Zelda, aunque a varios amigos de él no les parecía adecuada y la episcopaliana familia de ella no veía bien el matrimonio con un católico, conocido por su precario nivel económico y su excesiva afición a la bebida. Siguió escribiendo relatos cortos, las editoriales lo rechazaron más de ciento veinte veces y sólo consiguió vender uno de los cuentos.

Como no conseguía despegar con la literatura y su economía no mejoraba, Zelda rompió su compromiso con él al no ser capaz de mantenerla. Abatido por este segundo rechazo y por la escasísima repercusión de su trabajo literario, volvió a St. Paul, donde vivió en casa de sus padres. Se concentró una vez más en escribir, acaso la última tentativa, revisó el texto de *El egotista romántico* y lo transformó en *A este lado del paraíso.* Mientras tanto, encontró trabajo como reparador de techos de automóviles. En esas circunstancias se enteró de que una editorial publicaría esa obra.

Esta novela se publicó a finales de marzo de 1920 y fue un éxito inmediato, reeditándose dos veces en abril, y luego en mayo, junio, julio, agosto y septiembre, convirtiéndose en un acontecimiento cultural en su país y recibiendo las mejores críticas. La obra lo lanzó al estrellato y ahora las revistas sí querían publicar sus relatos, con los que conseguía mejores beneficios económicos. Y Zelda reanudó su compromiso con él al ver que podía mantener su estilo de vida acostumbrado. A pesar de las reservas, se casaron en Nueva York el 3 de abril de 1920. La pareja se hizo famosa en todo el país por su alocado comportamiento y por el éxito fulminante de la novela.

Era la *Jazz Age,* la era del *jazz* que él popularizó en escritos, la época hedonista de grandes consumos de alcohol de la pareja, que «en público no eran nada, pero que en privado daban lugar a amargas discusiones». Las acusaciones mutuas de infidelidad y los celos profesionales fueron haciéndose más frecuentes. En 1921 la pareja fue a

St. Paul, donde nació su hija, Frances Scott Fitzgerald. Él terminó su segunda novela, *Hermosos y malditos,* en la que la pareja principal es un trasunto de ellos mismos. Intentó empezar carrera como dramaturgo, pero su obra *La verdura* fue un rotundo fracaso. La pareja estaba en Long Island, y ambos rechazaban las fiestas extravagantes de los ricos y poderosos, que lo decepcionaron. Uno de sus vecinos fue la inspiración para Jay Gatsby.

En 1924 fueron a París, donde siguió escribiendo *El gran Gatsby.* Poco después estuvieron en la Riviera francesa, donde se originó una gran crisis marital: Zelda se enamoró de un aviador, y al pedirle ella el divorcio él la encerró en la casa; el aviador, que no tenía intención de casarse, se marchó y no volvieron a verlo. Unos meses después ella intentó suicidarse. Tras este incidente, se establecieron en Roma, donde él pulió y terminó *El gran Gatsby,* que se publicó en 1925. A pesar de que las críticas fueron buenas, no obtuvo el éxito comercial que logró con las dos novelas anteriores.

Volvieron a Francia y alternaron entre París y la Riviera. Entre sus amistades estaban Gertrude Stein, Sylvia Beach (la editora de *Ulises,* de James Joyce), el propio Joyce, Ezra Pound y algunos de los que conformaron la Generación Perdida, sobre todo Ernest Hemingway, relativamente desconocido en ese momento. Hemingway detestaba a Zelda, la acusaba de obligar a Fitzgerald a escribir relatos del tipo «comercial» para revistas porque eran más rentables y le permitían mantener su estilo de vida, apartándolo así de la novela y arruinando su trayectoria. Ella, a su vez, llegó a acusarle de tener una relación homosexual con Fitzgerald. La salud mental de Zelda se iba deteriorando cada vez más, hasta el punto de arrojarse rodando por unas grandes escaleras en una fiesta porque él aparentemente la ignoraba. Los Fitzgerald regresaron a Estados Unidos a finales de 1926 con su matrimonio prácticamente roto.

Poco después recibió una oferta para trabajar como guionista en Hollywood, donde se instaló a principios de 1927. Conocieron a estrellas del cine, pero sus excentricidades dieron al traste con su vida social. Él, por entonces contaba con treinta y un años, conoció a una actriz de diecisiete con quien tuvo relaciones. Ella se convirtió en su musa para un relato en que refleja la propia experiencia con ella, y adaptó un personaje principal de su novela *Suave es la noche* para reflejarla. Esto exacerbó aún más las tensiones en la pareja y después de que Zelda prendiera fuego a sus ropas en una bañera, dos meses después abandonaron Hollywood hacia Delaware en marzo de ese año.

Allí intentó seguir trabajando en su cuarta novela, *Suave es la noche,* pero no pudo avanzar debido a su ya crónico alcoholismo y a su desgana, y la pareja regresó a Europa en la primavera de 1929. La salud mental de Zelda empeoró hasta el punto de agarrar el volante del automóvil en que viajaban con su hija para intentar despeñarlo por un acantilado. Después de este intento homicida, los médicos le diagnosticaron esquizofrenia. Desde entonces pasaron por varios tratamientos y clínicas hasta que ella tuvo que ser hospitalizada en 1932. Después ya no recuperó completamente el equilibrio. Regresaron a Estados Unidos en 1932.

Mientras él trabajaba en su cuarta novela, sobre un joven prometedor que se casa con una joven enferma mental, Zelda escribió su propia versión de la historia, irónicamente titulada *Ahórrame el vals,* que él denunció como plagio de su idea. No obstante, llevó a cabo algunas revisiones de la obra y consiguió que la publicaran, aunque fue un fracaso de crítica y ventas.

Suave es la noche, la cuarta novela de Fitzgerald, se publicó en 1934, con división de opiniones en la crítica. No fue un éxito comercial, quizá porque el público, en plena Gran Depresión, asociaba a Fitzgerald con el desenfrenado y lujoso estilo de vida de la *Jazz Age*. Sus obras eran tildadas de elitistas y materialistas; los críticos le dieron la espalda. Su popularidad disminuía mientras aumentaban los gastos médicos de Zelda y su constante estilo opulento de vida, lo que le llevó a contraer deudas. Su alcoholismo aumentaba, lo que deterioró seriamente su salud, sobre todo la cardíaca con múltiples problemas, aunque también existía la sospecha de una tuberculosis latente. Tuvo que ser hospitalizado ocho veces.

Zelda era una maníaca suicida y hubo que recluirla permanentemente en un hospital en Asheville. Fitzgerald, prácticamente arruinado, vivía en hoteles de poca monta alrededor de la ciudad. Realizó varios intentos por escribir, pero fracasó. La muerte repentina de su madre y el deterioro mental de Zelda hicieron que su matrimonio se desintegrase, viendo a Zelda por última vez en 1939. Su salud empeoró por la bebida y tuvo que ser hospitalizado en Manhattan.

Sus dificultades económicas lo llevaron a aceptar un lucrativo contrato como guionista para la Metro Goldwin Mayer, que requería su presencia en Hollywood. A pesar de los altos ingresos, empleó la mayor parte en los gastos médicos de Zelda y los escolares de su hija. Hizo un intento de recuperar a su antiguo amor, Ginevra King, pero el reencuentro resultó un fracaso debido a su alcoholismo. Empezó una relación con la periodista Sheila Graham, que sería su compañera hasta el final. Al saber que Graham no había leído nada suyo intentó comprarle sus propias obras, pero vio para su desencanto que en muchas librerías ya no estaban. Padeció un ataque cardíaco, lo que motivó que él se mudase a la casa de ella para no tener que subir las escaleras de la suya. Él se acusaba constantemente de ser el culpable de la enfermedad mental de Zelda que había provocado su encierro (Zelda murió en 1948, en el incendio de la residencia psiquiátrica donde estaba internada), intentó varias veces dejar la bebida, tenía depresión e hizo intentos de suicidio.

Sus trabajos como guionista no eran muy apreciados, sólo apareció su nombre en los créditos de una película. Escribía también su quinta novela, *El último magnate*. El estudio decidió prescindir de él y empezó a trabajar como independiente. En 1939 recayó en la bebida y buscó tratamiento psiquiátrico en Nueva York. Consiguió estar permanentemente sobrio un año antes de su muerte, viviendo una relación feliz con Graham. Una tarde tuvo un mareo al salir de un cine, al día siguiente, 21 de diciembre de 1940, padeció un infarto masivo de miocardio que terminó con su vida a los cuarenta y cuatro años, dejando inacabada su quinta novela. Sólo treinta personas acudieron a su funeral. Las últimas palabras de su novela más famosa, *El gran Gatsby*, están inscritas en la lápida sobre su tumba en Maryland.

F. Scott Fitzgerald dejó escritas cinco novelas, tres novelas cortas y una gran cantidad de relatos, entre ellos el que inspiró la película *El extraño caso de Benjamin Button*. Presentamos en este ejemplar dos de sus novelas más representativas:

EL GRAN GATSBY

Se ha dicho muchas veces que esta es una de las novelas más perfectas de la literatura norteamericana del siglo xx. Aunque no tuvo gran acogida en el momento de su publicación, su popularidad ha ido aumentando con el tiempo, ayudada por las cinco versiones cinematográficas que se han hecho de ella, convirtiéndose en el símbolo paradigmático de la *Jazz Age* y en la imagen de la época comprendida entre los años 1920 y 1929. Es una época de facilidad, de despreocupación, de hedonismo, de grandes y suntuosas fiestas sobre los jardines de los grandes adinerados. Es un vecino que ha alquilado una casita modesta durante el verano quien narra la historia, pues se hace amigo y confidente de Gatsby, y llega a participar plenamente en el nudo de la historia.

Y Jay Gatsby es como la época, joven, bien parecido, de enigmático origen y de gran fortuna. Todo tipo de especulaciones rodean al héroe protagonista, él irá dando ciertas explicaciones clave para comprender su actitud. En el fondo todo lo que ha hecho y la mansión con grandes jardines que ha comprado en una zona lujosa y muy precisa de Long Island, más todos sus movimientos, están destinados a recuperar el amor de una joven con quien no pudo mantener la relación y hoy está casada, Daisy. Pero interviene el drama y la auténtica naturaleza de todos ellos sale a la luz. No es un espectáculo tan bonito ni tan alegre como el de las fiestas en su jardín...

EL GRAN GATSBY

Ponte entonces el sombrero dorado,
si eso la conmueve;
si puedes saltar alto, salta por ella también,
hasta que exclame:
«Amante del sombrero dorado, amante que alto saltas,
¡tengo que tenerte!»

THOMAS PARKE D'INVILLIERS[1]

---

[1] Personaje ficticio que aparece extensamente en su novela *A este lado del paraíso.*

CAPÍTULO PRIMERO

En mis años más jóvenes y más vulnerables, mi padre me dio un consejo al que he estado dando vueltas en la cabeza desde entonces.

«Cuando te sientas con ganas de criticar a alguien, recuerda simplemente que no todas las gentes de este mundo han tenido las ventajas que has tenido tú», me dijo.

No dijo más, pero siempre nos hemos comunicado de una forma poco común, un tanto reservado, y yo comprendí que él quiso decir mucho más que eso. Como consecuencia de ello me siento inclinado a reservarme todo juicio, una costumbre que me ha facilitado muchos caracteres curiosos y que también me hizo víctima de no pocos pesados expertos. La mente anómala es rápida a la hora de detectar y apegarse a esa cualidad cuando aparece en una persona normal, y ocurrió que en la universidad fui acusado injustamente de ser un político, porque estaba informado de las penas secretas de hombres exaltados y desconocidos. La mayoría de las confidencias no las buscaba yo —con frecuencia he fingido dormir o estar absorto en mis preocupaciones, o he mostrado una frivolidad hostil cuando me daba cuenta por medio de señales inconfundibles de que en el horizonte se insinuaba una revelación íntima— pues las revelaciones íntimas de los jóvenes, o al menos las palabras con que las expresan, son habitualmente un plagio y están echadas a perder por omisiones obvias. Reservarse los juicios es un asunto de esperanza infinita. Siempre estoy temeroso de perderme algo si se me olvida que, como sugirió mi padre elitistamente y elitistamente repito yo, el sentido fundamental de la decencia está repartido desigualmente en el nacimiento.

Y después de presumir de tolerancia de esta manera, debo admitir que ello tiene un límite. La conducta puede fundamentarse sobre sólida roca o sobre húmedas ciénagas, pero después de cierto punto ya no me preocupa sobre qué esté fundada. Cuando regresé del Este el otoño pasado sentía que yo quería que el mundo estuviera de uniforme y en una especie de atención moral permanente; yo no quería más desenfrenadas disgresiones con vistazos privilegiados al corazón humano. Sólo Gatsby, el hombre que le da nombre a este libro, estaba exento de mi reacción —el Gatsby que representaba todo aquello para lo que tengo un sincero desprecio—. Si la personalidad es una serie ininterrumpida de gestos afortunados, entonces había algo espléndido en él, cierta sensibilidad intensificada a las promesas de la vida, como si estuviese relacionado con una de esas máquinas intrincadas que son capaces de detectar terremotos a quince mil kilómetros de distancia. Esta sensibilidad no tiene nada que ver con esa impresionabilidad fofa a la que se dignifica con el nombre de «temperamento creativo»; era un don extraordinario para la esperanza, una buena disposición romántica tal como no la había encontrado en ninguna otra persona y que no es probable que vuelva a encontrar otra vez. No, al final Gatsby resultó bien; era lo que hacía presa en Gatsby, el polvo infame que flotaba en la estela de sus sueños, lo que temporalmente acabó con mi interés en los pesares frustrados y los entusiasmos sin fuelle de los seres humanos.

Mi familia estaba formada por gentes que fueron prominentes y adineradas en esta ciudad del Medio Oeste durante tres generaciones. Los Carraway constituimos una especie de clan y tenemos por tradición que somos descendientes de los duques de Buccleuch, pero el verdadero fundador de mi linaje fue el hermano de mi abuelo, que vino aquí en 1851, envió un sustituto para que luchase por él en la Guerra Civil y empezó el negocio de venta de herramientas al por mayor que mi padre continúa hoy.

No vi nunca a este tío abuelo, pero dicen que supuestamente me parezco a él, especialmente en el duro retrato que cuelga en el despacho de padre. Me gradué en New Haven en 1915, un cuarto de siglo exactamente después de mi padre, y un poco después participé en esa demorada migración teutónica conocida como la Gran Guerra. Disfruté de las contraofensivas tan plenamente que a mi regreso estaba agitado. En lugar de ser el cálido centro del mundo, el Medio Oeste parecía ahora el harapiento borde del universo, de modo que me decidí a ir al Este y aprender el negocio de los bonos. Todos los que yo conocía estaban metidos en el negocio de los bonos, de manera que supuse que ese mundo podría sostener a otro hombre soltero más. Todas mis tías y todos mis tíos hablaban de ello como si estuviesen eligiendo una escuela preparatoria para mí y decían al final «¡Vaya, sí, sí!» con caras muy serias y dubitativas. Padre estuvo de acuerdo en financiarme durante un año y tras varios retrasos llegué al Este, yo creía que permanentemente, en la primavera del veintidós.

Lo práctico era encontrar alguna habitación en la ciudad pero era una estación cálida y yo acababa de salir de un país de amplios céspedes y árboles amistosos, de manera que cuando un joven de la oficina sugirió que alquilásemos juntos una casa en un pueblo de los alrededores me pareció una buena idea. Él encontró la casa, un bungaló de cartón maltratado por el clima, a ochenta dólares al mes, pero en el último momento la compañía ordenó que fuese a Washington y yo me fui solo al campo. Tuve un perro, o al menos lo tuve durante unos cuantos días hasta que se escapó, un viejo automóvil Dodge y una mujer finlandesa que me hacía la cama y me preparaba el desayuno mientras musitaba refranes finlandeses para sí inclinada sobre la cocina eléctrica.

Estuve solitario un día más o menos, hasta que una mañana un hombre, que había llegado más recientemente que yo, me detuvo en la carretera.

—¿Cómo se va al pueblo de *West Egg?* —me preguntó con impotencia.

Se lo dije. Y mientras seguí andando ya no estuve solitario. Yo era un guía, un explorador, uno de aquellos primeros colonos. De manera informal, aquel hombre me había concedido la libertad de ser uno del barrio.

Así que con la luz del sol y los grandes estallidos de hojas que crecían en los árboles —justo como crecen las cosas en las películas a cámara rápida— tuve esa íntima convicción de que la vida comenzaba una vez más con el verano.

Para empezar, ¡había tantísimo que leer y tantísima buena salud que sacar del aire joven dador de aliento! Me había traído una docena de libros sobre banca y créditos y títulos de inversión que se alzaban en mi estantería, rojos y dorados como monedas recién acuñadas, con promesas de desplegar los brillantes secretos que sólo Midas y Morgan y Mecenas conocieron. Y yo tenía la suprema intención de leer muchos otros libros además. En la universidad yo era más bien literario —un curso escribí una serie de artículos editoriales muy solemnes y obvios para el *Yale News*— y ahora iba a traerme a mi vida otra vez todas aquellas cosas y a convertirme otra vez en el más limitado de todos los especialistas: el «hombre polifacético». Esto no es solamente un epigrama, porque a fin de cuentas uno consigue mirar la vida con más éxito desde una ventana única.

Fue por simple casualidad que yo hubiese alquilado una casa en uno de los vecindarios más extraños de Norteamérica. Estaba situada en esa esbelta isla bulliciosa que se extiende al este de Nueva York y donde hay, entre otras curiosidades naturales, dos extraordinarias formaciones de tierra. A unos treinta kilómetros de la ciudad hay un par de huevos enormes, idénticos de contorno y separados sólo por una bahía como de cortesía, que sobresalen de la masa de agua salada más hogareña del hemisferio occidental: el gran redil húmedo del Estrecho de Long Island. No son óvalos perfectos —al igual que el huevo en la historia de Colón, ambos están aplastados en el extremo donde contactan— pero su parecido físico debe ser una fuente perpetua de confusión para las gaviotas que vuelan por encima. Para quienes no tienen alas, un fenómeno más llamativo es su desemejanza en todos los detalles excepto en forma y tamaño.

Yo vivía en *West Egg* (Huevo del Oeste), el... Bueno, el menos de moda de los dos, pero esto es una etiqueta muy superficial para expresar el extraño y no poco siniestro contraste entre los dos. Mi casa estaba en la mismísima punta del huevo, a sólo unos cincuenta metros del Estrecho, apretada entre dos casas enormes que se alquilaban por doce o quince mil dólares la temporada. La que estaba a mi derecha era colosal desde cualquier punto de vista; era de hecho una imitación de un Ayuntamiento de Normandía, con torre en un costado, impresionantemente nueva bajo una barba rala de yedra pura, una piscina de mármol y más de veinte hectáreas de césped y jardines. Era la mansión de Gatsby. O más bien, puesto que yo no conocía al señor Gatsby, era la mansión habitada por el caballero de ese nombre. Mi casa era un espantajo, pero era un espantajo pequeño y no se le había dado importancia alguna, así que yo disponía de vista sobre el agua, de una vista parcial del césped de mi vecino, y de la consoladora cercanía de millonarios; y todo por ochenta dólares al mes.

Al otro lado de la pequeña bahía como de cortesía, los blancos palacios del elegante *East Egg* (Huevo del Este) relucían sobre el agua, y la historia del verano empieza realmente en la tarde que fui allá a cenar con Tom Buchanan y su familia. Daisy era prima segunda mía y conocía a Tom de la Universidad. Y justo después de la guerra pasé dos días con ellos en Chicago.

El marido de ella, entre varios logros físicos, había sido uno de los extremos más potentes de todos los que jugaron al fútbol en New Haven —una figura nacional a su manera, uno de esos hombres que llegan a tan intensa excelencia delimitada a una actividad a los veintiún años que después de eso todo sabe decepcionante. Su familia era enormemente rica —incluso en la Universidad las libertades que se tomaba con el dinero fueron motivo de reprobación— pero ahora había salido de Chicago y se había venido al Este de una manera que más bien te quitaba el aliento: por ejemplo, se trajo desde el lago Forest una reata de ponis para jugar al polo. Resultaba difícil hacerse cargo de que un hombre de mi generación fuera lo bastante rico como para hacer eso.

No sé por qué se vinieron al Este. Habían pasado un año en Francia, por nada en especial, y luego fueron de un sitio para otro sin descanso, a donde quiera que la gente jugase al polo y hubiese ricos juntos. Esta ha sido una mudanza permanente, me dijo Daisy por teléfono, pero yo no me lo creí; yo no conocía el corazón de Daisy pero sentí que Tom andaría siempre sin rumbo en busca, un poco tristemente, de la emoción dramática de algún irrecuperable partido de fútbol.

Y así, ocurrió como por casualidad que en una tarde ventosa y cálida acudí al *East Egg* para ver a dos viejos amigos a quienes apenas conocía. Su casa era más elaborada incluso que lo que yo me esperaba, una mansión colonial roja y blanca estilo georgiano que miraba la bahía desde arriba. El césped empezaba en la misma playa y corría hasta la puerta principal unos cuatrocientos metros, bordeando relojes de sol, paseos de ladrillo y jardines enardecidos. Al final, cuando llegaba a la casa, se amontonaba hacia arriba en radiantes enredaderas como si fuera por la inercia de su carrera. En el frente se interrumpía por una línea de ventanales a la francesa, que ahora resplandecían con reflejos de oro totalmente abiertos a la cálida y ventosa tarde, y Tom Buchanan, en traje de montar, estaba en pie abierto de piernas en el porche frontal.

Él había cambiado desde sus años en New Haven. Ahora era un hombre robusto de treinta años y cabello color paja, con una boca un tanto dura y modales desdeñosos. Dos ojos brillantes y altivos habían establecido su dominio sobre su cara y le daban aspecto de estar siempre inclinado hacia delante de una manera agresiva. Ni siquiera la afeminada presunción de sus ropas de montar podía ocultar el enorme poder de ese cuerpo; parecía que llenase aquellas botas relucientes, hasta que tiró de las puntas de sus cordones y uno podía ver bajo su fina chaqueta que se desplazaba un gran paquete de músculos cuando movió el hombro. Era un cuerpo capaz de un enorme despliegue, un cuerpo cruel.

Su voz al hablar, de áspero tenor ronco, se añadía a la impresión de malhumor que transmitía. Había en esa voz un toque de desprecio paternal, que tenía incluso con las personas que le gustaban; y en New Haven había hombres que lo odiaban profundamente.

«Bueno, bueno, no creas que mi opinión sobre esos asuntos es definitiva sólo porque soy más fuerte y más hombre que tú», parecía decir. Estuvimos en la misma Sociedad de Honor, y aunque nunca fuimos amigos íntimos siempre tuve la impresión de que él me aprobaba y de que quería gustarme con cierta rigurosa y desafiante tristeza suya propia.

Hablamos algunos minutos en el soleado porche.

—Tengo un buen sitio aquí —dijo, con los inquietos ojos centelleando.

Hizo que me diera la vuelta agarrándome de un brazo y desplazó una ancha mano plana por la vista frontal, incluyendo en su barrido un jardín italiano socavado, un cuarto de hectárea de intensos rosales de profundo olor y una motora de proa chata que la marea zarandeaba cerca de la costa.

—Perteneció a Demaine, el petrolero.

Volvió a darme la vuelta educada y abruptamente.

—Vayamos dentro.

Caminamos por un pasillo de techo alto hacia un luminoso espacio de color rosado, ligado frágilmente a la casa por ventanales-puerta en cada extremo. Las ventanas estaban entornadas y resplandecían en blanco contra la fresca hierba de fuera, que parecía que crecía un poco como para entrar en la casa. Sopló una brisa por la sala, movió hacia adentro las cortinas de uno de los extremos y sacó afuera las del otro como pálidas banderas, retorciéndolas para arriba hacia la glaseada tarta de boda del techo, y luego ondeaba sobre la alfombra color vino y le hacía una sombra como las que el viento hace en el mar.

El único objeto completamente inmóvil en la sala era un sofá enorme en el que dos mujeres jóvenes flotaban como si estuviesen en un globo anclado. Las dos iban de blanco y sus vestidos ondeaban y aleteaban como si acabasen de llegar de vuelta de un vuelo corto en torno a la casa. Debí haber estado escuchando un momento los azotes y los chasquidos de las cortinas y el crujido de un cuadro de la pared. Entonces se produjo una explosión cuando Tom Buchanan cerró las ventanas traseras y el viento atrapado murió en la sala y las cortinas, las alfombras y las dos jóvenes se desinflaron lentamente hacia el suelo.

La más joven de las dos me era desconocida. Se había tendido del todo en su extremo del diván, completamente inmóvil, con la barbilla un poco levantada como si estuviese equilibrando algo en ella que era muy probable que cayera. Si me vio de reojo no dio muestras de ello; en realidad yo estaba sorprendido y a punto de murmurar una disculpa por haberla molestado al entrar.

La otra muchacha, Daisy, hizo un intento de levantarse —se inclinó ligeramente hacia adelante con una expresión concienzuda—, luego se rio con una absurda y encantadora risita, yo reí también y entré en la sala.

—Estoy pa... paralizada de felicidad.

Volvió a reírse, como si hubiese dicho algo muy ingenioso, y me retuvo la mano un momento, mirando hacia arriba a mi cara, prometiéndome que no había nadie en el mundo al que ella quisiera ver más. Esa era una de sus cosas. Dejó caer en un murmullo que el nombre de la joven equilibrista era Baker. (He oído decir que los murmullos de Daisy eran sólo para hacer que la gente se inclinase hacia ella; una crítica irrelevante que no los hacía menos encantadores.)

De todas formas, los labios de la señorita Baker se agitaron, me saludó con una inclinación de cabeza casi imperceptible y luego volvió a echar la cabeza atrás rápidamente; el objeto que equilibraba se había tambaleado un poco, evidentemente, y le había dado un poco de susto. De nuevo me subió a los labios una especie de disculpa. Casi cualquier demostración de autonomía completa consigue de mí un homenaje pasmado.

Miré otra vez a mi prima, que empezó a hacerme preguntas con su voz grave y excitante. Era la clase de voz que el oído sigue arriba y abajo como si cada frase fuese un arreglo de notas que no volvería a tocarse otra vez. Su cara era triste y agradable, con cosas brillantes, ojos brillantes y una brillante boca apasionada; pero había una excitación en su voz que hombres que la habían querido encontraban difícil de olvidar: una compulsión cantarina, un «óyeme» susurrado, una promesa de que ella había hecho cosas alegres y excitantes hacía poco rato y de que había cosas alegres y excitantes rondando a la hora siguiente.

Le conté que me había detenido en Chicago por un día en mi camino al Este y que una docena de personas le enviaban su cariño a través de mí.

—¿Me echan de menos? —exclamó extasiada.

—La ciudad entera está desolada. Todos los automóviles han pintado la rueda trasera izquierda de negro como una corona de duelo y hay un lamento persistente todas las noches por la Orilla Norte.

—¡Qué precioso! Volvamos, Tom. ¡Mañana!

Y luego añadió sin venir al caso:

—Tienes que ver a la niña.

—Me encantaría.

—Está dormida. Tiene dos años. ¿Es que no la has visto nunca?

—Nunca.

—Bueno, pues tienes que verla. Ella es...

Tom Buchanan, que había estado merodeando por la sala nerviosamente, se detuvo y apoyó la mano en mi hombro.

—¿A qué te dedicas, Nick?

—Estoy en el mercado de los bonos.

—¿Con quién?

Se lo dije.

—No los he oído nombrar nunca —comentó firmemente.

Eso me molestó.

—Lo harás —respondí secamente—. Lo harás si te quedas en el Este.

—Oh, sí, me quedaré en el Este, no te preocupes —dijo mirando a Daisy y luego otra vez a mí, como si estuviera alerta por si decíamos algo más—; sería un estúpido maldito de Dios si viviera en cualquier otro lugar.

En ese momento, la señorita Baker dijo «¡por supuesto!» tan repentinamente que me sobresalté; era la primera palabra que pronunciaba desde que entré en la habitación. Evidentemente, eso la sorprendió a ella tanto como a mí, pues bostezó y con una serie de movimientos rápidos y hábiles se puso en pie.

—Estoy tiesa —se quejó—, he estado echada en ese sofá tanto que ya ni me acuerdo.

—A mí no me mires —replicó Daisy—, he intentado llevarte a Nueva York toda la tarde.

—No, gracias —dijo la señorita Baker a los cuatro cócteles que acababan de entrar en la habitación desde la bodega—, estoy totalmente de entrenamiento.

Su anfitrión la miró con incredulidad.

—¡Qué estás de entrenamiento! —se tomó la bebida como si fuera una gota en el fondo de una copa—. Cómo consigues hacer siquiera algo, me supera.

Miré a la señorita Baker, preguntándome qué sería eso que conseguía. Disfrutaba mirándola. Era una muchacha esbelta, de pechos pequeños, que andaba muy derecha, cosa que acentuaba echando los hombros hacia atrás como un cadete. Los ojos, grises e irritados por el sol, me miraron a su vez con educada curiosidad recíproca desde una cara pálida, cautivadora y descontenta. Entonces se me ocurrió que en algún lado yo la había visto a ella, o a una foto de ella.

—Usted vive en el *West Egg* —comentó desdeñosamente—, conozco a alguien allí.

—Yo no conozco ni a una sola...

—Usted debe conocer a Gatsby.

—¿Gatsby? ¿Qué Gatsby? —preguntó Daisy.

Antes de que yo pudiera responder que era mi vecino, anunciaron la cena. Tom Buchanan metió imperativamente su tenso brazo bajo el mío y me obligó a salir de la habitación como si estuviese moviendo una ficha a otra casilla.

Esbelta y lánguidamente, con las manos ligeramente apoyadas sobre las caderas, las dos jóvenes fueron por delante de nosotros hacia un porche rosáceo de color abierto a la puesta de sol, donde cuatro velas titilaban sobre la mesa bajo el viento, ahora reducido.

—¿Por qué velas? —objetó Daisy frunciendo el ceño. Las apagó con los dedos—. Dentro de dos semanas tendremos el día más largo del año —nos miró a todos, radiante—, ¿es que esperáis siempre al día más largo del año para luego perdéroslo? Yo siempre estoy esperando al día más largo del año y luego me lo pierdo.

—Tendríamos que planear algo —bostezó la señorita Baker sentándose sobre la mesa como si estuviera metiéndose en la cama.

—Muy bien —dijo Daisy—, ¿qué planearemos? —se volvió hacia mí con impotencia—, ¿qué planes hace la gente?

Antes de que yo pudiese responder, sus ojos se quedaron fijos en su dedo meñique con expresión de asombro.

—¡Mirad! —se quejó—. Me he hecho daño.

Todos miramos; el nudillo estaba negruzco y azulado.

—Esto lo hiciste tú, Tom —dijo ella acusadoramente—, sé que no tenías esa intención pero lo hiciste. Eso es lo que consigo por casarme con un bruto de hombre, un grandísimo espécimen físico descomunal de...

—Detesto esa palabra, descomunal —objetó Tom airadamente—, incluso dicha en broma.

—Descomunal —insistió Daisy.

A veces ella y la señorita Baker hablaban a la vez, discretamente y con una charla inconsecuente que nunca era cháchara y era tan fresca como sus vestidos blancos y sus ojos impersonales en la ausencia de todo deseo. Ellas estaban ahí, y nos aceptaban a Tom y a mí haciendo sólo un agradable esfuerzo cortés por entretener y ser entretenidas. Sabían que en breve se acabaría la cena y un poco después también se acabaría la tarde y se la arrinconaría con indiferencia. Era claramente diferente del Oeste, donde la tarde se daba prisa de fase en fase hacia su final en una anticipación continuamente decepcionante, o en puro temor nervioso del momento mismo.

—Haces que me sienta incivilizado, Daisy —confesé con mi segunda copa del picado pero muy impresionante clarete—, ¿no podrías hablar de cultivos o algo así?

Yo no quería decir nada concreto con esta observación, pero se la interpretó de una manera inesperada.

—¡La civilización está hecha pedazos! —estalló Tom violentamente—. He llegado a ser un pesimista terrible con las cosas. ¿Habéis leído *El ascenso de los imperios de color,* de este tal Goddard?

—Vaya, pues no —respondí, un tanto sorprendido por el tono que empleó.

—Bueno, es un buen libro y todo el mundo tendría que leerlo. La idea es que si no estamos atentos, la raza blanca estará... Estará totalmente hundida. Son todas cosas muy científicas, se ha demostrado.

—Tom se está poniendo muy profundo —dijo Daisy con una expresión de tristeza irreflexiva—; lee libros muy profundos que tienen palabras muy largas dentro. ¿Cuál era esa palabra que nosotros...?

—Bueno, pues todos esos libros son científicos —insistió Tom mirándola con impaciencia—. Este Goddard lo ha resuelto todo. Nos toca a nosotros decidir cuál es la raza dominante a la que estar atentos, o esas otras razas se apoderarán del control de las cosas.

—Tenemos que vencerlos —susurró Daisy, guiñando intensamente los ojos hacia el ardiente sol.

—Deberían vivir en California —comenzó a decir la señorita Baker, pero Tom la interrumpió moviéndose pesadamente en su butaca.

—La idea es que somos nórdicos. Yo lo soy, y tú lo eres y tú también lo eres y —después de una vacilación casi infinitesimal incluyó a Daisy con un ligero movimiento de cabeza y ella me guiñó el ojo otra vez—; y nosotros hemos producido todas las cosas que crean civilización... Oh, la Ciencia y el Arte y todo eso. ¿Lo véis?

Había algo lastimoso en su concentración, como si su autosuficiencia, más aguda que de ordinario, ya no le fuese bastante. En ese momento, casi inmediatamente, sonó el teléfono dentro y el mayordomo salió del porche. Daisy se aprovechó de la interrupción momentánea y se inclinó hacia mí.

—Voy a contarte un secreto de familia —susurró entusiásticamente—. Tiene que ver con la nariz del mayordomo. ¿Quieres saber algo de la nariz del mayordomo?

—Para eso he venido aquí esta noche.

—Bueno, él no siempre ha sido mayordomo, solía ser el pulimentador de la plata para algunas personas de Nueva York que tenían un servicio de plata para doscientas personas. Tenía que pulirlo de la mañana a la noche hasta que al final aquello empezó a afectarle la nariz...

—Y las cosas fueron de mal en peor —sugirió la señorita Baker.

—Sí. Las cosas fueron de mal en peor hasta que al final tuvo que abandonar su trabajo.

Por un momento el último rayo de luz cayó con romántico cariño en su cara resplandeciente; su voz me obligó a echarme hacia adelante sin aliento mientras escuchaba. Luego el resplandor se apagó, cada luz la fue abandonando con prolongado pesar, como niños marchándose del placer de una calle al anochecer.

El mayordomo regresó y murmuró algo al oído de Tom, por lo que Tom frunció el ceño, echó para atrás su silla y sin decir palabra se fue para dentro. Como si su ausencia hubiese estimulado algo dentro de ella, Daisy se inclinó de nuevo hacia adelante y su voz resplandecía y cantaba.

—Me encanta verte en mi mesa, Nick. Tú me recuerdas a un... A una rosa, una rosa total. ¿Es o no es él —se volvió a la señorita Baker buscando confirmación— una rosa total?

Esto no era cierto. Yo no soy una rosa ni de lejos. Ella sólo estaba improvisando, pero una calidez excitante fluía desde ella como si su corazón estuviese intentando salir hacia uno oculto en una de esas palabras jadeantes y llenas de emoción. Entonces, de repente tiró su servilleta sobre la mesa, se disculpó y se metió en la casa.

La señorita Baker y yo cambiamos una breve mirada deliberadamente desprovista de significado. Yo estaba a punto de hablar cuando ella se sentó más derecha y dijo «¡Sssht!» con voz de aviso. Un murmullo apagado y vehemente era audible en la habitación contigua y la señorita Baker se echó hacia adelante, descarada, intentando oír. El murmullo tembló al borde de la coherencia, se hundió, remontó con excitación y luego cesó totalmente.

—Ese señor Gatsby del que habló es mi vecino... —dije.

—Calle. Quiero oír lo que pasa.

—¿Es que pasa algo? —pregunté inocentemente.

—¿Quiere eso decir que no lo sabe? —dijo la señorita Baker, sorprendida de veras—. Creí que todo el mundo lo sabía.

—Yo, no.

—Vaya... —dijo dubitativamente—, Tom tiene una mujer en Nueva York.

—¿Qué tiene una mujer? —repetí sin comprender.

La señorita Baker asintió con la cabeza.

—Ella podría tener la decencia de no telefonearlo a la hora de la cena, ¿no le parece?

Casi antes de que yo hubiera captado el sentido, sentí el aleteo de un vestido y el crujido de unas botas de cuero, y Tom y Daisy estaban de vuelta a la mesa.

—¡No se podía hacer nada por ello! —gritó Daisy con tensa alegría.

Se sentó, nos miró inquisitivamente a la señorita Baker y luego a mí, y continuó:

—He mirado al exterior un momento y es un exterior muy romántico. Hay un pájaro en el césped que creo que debe ser un ruiseñor que ha venido en la naviera Cunard, o en la White Star. Se va cantando... —su voz cantó.

—Es romántico, ¿verdad, Tom?

—Muy romántico —le dijo él, y luego tristemente a mí:

—Si hay suficiente luz después de cenar quiero llevarle a los establos.

El teléfono sonó dentro, como por sorpresa, y mientras Daisy sacudía la cabeza contundentemente hacia Tom, el tema de los establos se desvaneció en el aire, de hecho todos los temas se desvanecieron. Entre los rotos fragmentos de los cinco últimos minutos pasados en la mesa, recuerdo que las velas se encendieron otra vez, inútilmente, y fui consciente de querer mirar de frente a cada uno de ellos y a la vez de evitar todos los ojos. No podía adivinar lo que pensaban Tom y Daisy, pero dudo que ni siquiera la señorita Baker, que parecía que había llegado a dominar cierto escepticismo robusto, era totalmente capaz de sacarse de la cabeza la urgencia metálica de la estridente quinta visitante. A ciertos temperamentos la situación podría haberles parecido intrigante, pero mi propio instinto era el de telefonear inmediatamente a la Policía.

Los caballos no volvieron a mencionarse otra vez, no hace falta decirlo. Tom y la señorita Baker, con varios pies de crepúsculo entre sí, dieron un paseo de regreso a la biblioteca como si fuesen a una vigilia junto a un cuerpo perfectamente tangible; mientras yo intentaba parecer agradablemente interesado y un poco sordo, seguí a Daisy por una cadena de galerías conectadas hasta el porche de la entrada principal. En su profunda penumbra nos sentamos uno junto al otro en un sofá de mimbre.

Daisy se agarró la cara con las manos, como si quisiera sentir su encantadora forma, y sus ojos se movieron poco a poco hacia fuera en el anochecer de terciopelo. Vi que la poseían turbulentas emociones, de modo que le hice lo que yo creía que podían ser preguntas tranquilizantes sobre su niñita.

—Nosotros no nos conocemos mucho, Nick —dijo de repente— a pesar de que somos primos. Tú no viniste a mi boda.

—No había vuelto de la guerra.

—Eso es verdad —dudó—. Bueno, lo he pasado muy mal, Nick, y soy bastante cínica con todo.

Evidentemente tenía motivos para serlo. Esperé, pero no dijo nada más, y tras un momento volví un tanto débilmente al tema de su hija.

—Supongo que habla, y... Que come, y todo eso.

—Claro que sí —me miró distraídamente—. Escucha, Nick, déjame decirte lo que dije cuando nació. ¿Te gustaría oírlo?

—Mucho.

—Eso te mostrará cómo he llegado a sentirme con las... cosas. Bueno, ella tenía menos de una hora de nacida y Tom estaba sabe Dios dónde. Me desperté de la anestesia con un sentimiento de estar totalmente abandonada y le pregunté inmediatamente a la enfermera si era una niña o un niño. Me dijo que era una niña, y entonces volví la cabeza y lloré. «Muy bien —dije—, me alegro de que sea una niña. Y espero que sea tonta; eso es lo mejor que puede ser una chica en este mundo, una preciosa tontita.»

—Ya ves que pienso que todo es terrible de alguna manera —siguió adelante con convencimiento—, todo el mundo piensa así... La gente más adelantada. Y yo lo sé. He estado en todas partes, lo he visto todo y todo lo he hecho —sus ojos destellaban a su alrededor de modo desafiante, más bien como los de Tom, y se rio con electrizante desprecio:

—Sofisticada... ¡Dios mío, qué sofisticada soy!

En el momento mismo que terminó su voz, dejando de obligar mi atención y mi creencia, sentí la insinceridad fundamental de lo que había dicho. Me puso incómodo, como si la tarde entera hubiese sido un truco de alguna clase para arrancar de mí una contribución emotiva. Esperé y, como era de esperar, un momento después me miró con una sonrisa de satisfacción absoluta en su bella cara como si hubiera aseverado su membresía en una sociedad secreta un tanto distinguida a la que pertenecían ella y Tom.

Dentro de la casa, la sala carmesí florecía de luz. Tom y la señorita Baker estaban sentados en los extremos opuestos de un largo sofá y ella le leía en voz alta el *Saturday Evening Post;* las palabras, murmurantes y sin expresión, corrían juntas como una canción tranquilizadora. La luz de la lámpara, brillante en las botas de él y opaca en el amarillo de hoja de otoño del cabello de ella, centelleaba por el papel cuando pasaba la página con un aleteo de los esbeltos músculos de sus brazos.

Cuando entramos, nos mantuvo callados un momento alzando una mano.

—Continuará —dijo arrojando la revista sobre la mesa— en nuestro próximo número.

Su cuerpo se afirmó a sí mismo con un movimiento inquieto de las rodillas y se puso en pie.

—Son las diez —comentó, descubriendo aparentemente la hora en el techo—; hora de que esta niña buena se vaya a la cama.

—Jordan va a jugar mañana en el campeonato de Westchester —explicó Daisy.

—¡Ah! ¡Entonces tú eres Jordan Baker!

Entonces supe por qué me resultaba conocida su cara. Su expresión agradable y desdeñosa me había mirado desde muchas fotos en huecograbado de la vida deportiva de Asheville, Hot Springs y Palm Beach. Yo había oído también cierta historia bastante desagradable y crítica acerca de ella, pero había olvidado hacía mucho tiempo de qué se trataba.

—Buenas noches —dijo con suavidad—, despiértame a las ocho, ¿quieres?

—Si te levantas.

—Lo haré. Buenas noches, señor Carraway. Lo veré muy pronto.

—Claro que lo harás —confirmó Daisy—; de hecho creo que voy a arreglar una boda. Ven por aquí a menudo, Nick, y yo como que intentaré... Oh... Que os juntéis. Ya sabes, dejaros encerrados accidentalmente en algún armario ropero, o empujaros hacia el mar en una barca, ese tipo de cosas...

—Buenas noches —dijo la señorita Baker desde las escaleras—, no he oído ni una palabra.

—Es una chica estupenda —dijo Tom un momento después—, no deberían dejarla correr por todo el país de esa manera.

—¿Quiénes no deberían? —preguntó Daisy fríamente.

—Su familia.

—Su familia consiste en una tía que debe tener como mil años. Además, Nick va a cuidar de ella, ¿verdad, Nick? Ella va a pasarse muchos fines de semana aquí este verano. Creo que la influencia doméstica le hará mucho bien.

Daisy y Tom se miraron un momento en silencio.

—¿Es ella de Nueva York? —pregunté rápidamente.

—De Louisville. Nuestra blanca niñez la pasamos juntas allí. Nuestra preciosa blanca...

—¿Es que has tenido una conversacioncita íntima con Nick en el porche? —preguntó Tom de repente.

—¿Lo he hecho? —me miró—. Parece que no lo recuerdo, pero creo que hablamos de la raza nórdica. Sí, estoy segura de que lo hicimos. Fue como hablando sobre nosotros y ni nos dimos cuenta...

—No te creas todo lo que oigas, Nick —me aconsejó él.

Dije a la ligera que no había oído nada en absoluto y pocos minutos después me levanté para irme a casa. Vinieron a la puerta conmigo y se quedaron juntos en un animado cuadro de luz. Cuando arrancaba el motor, Daisy exclamó perentoriamente:

—¡Espera! Se me ha olvidado preguntarte algo, y es importante. Hemos oído que estás comprometido con una chica del Oeste.

—Es cierto —corroboró amablemente Tom—, oímos que estabas comprometido.

—Es un infundio. Soy demasiado pobre.

—Pero lo oímos —insistió Daisy, sorprendiéndome al abrirse otra vez como una flor—, se lo hemos oído a tres personas distintas, así que debe ser cierto.

Por supuesto que sabía a qué se referían, pero yo no estaba comprometido ni vagamente. El hecho de que el cotilleo hubiera publicado las amonestaciones fue una de los motivos de que hubiese venido al Este. Uno no puede dejar de ir con una vieja amiga a cuenta de los rumores, y por otra parte yo no tenía intención de que se me arrastrase al matrimonio a fuerza de lo que se dijera por ahí.

Su interés me conmovió un tanto y les hizo menos lejanamente ricos; sin embargo, me sentía confuso y un poco disgustado cuando me alejé en mi automóvil. Me parecía que lo que tenía que hacer Daisy era alejarse corriendo de aquella casa con la niña en brazos, pero aparentemente no tenía esa intención en la cabeza. En cuanto a Tom, el hecho de que tuviese «una mujer en Nueva York» era menos sorprendente en realidad que el que se hubiese deprimido por un libro. Algo lo hacía mordisquear el filo de ideas rancias como si su robusto egocentrismo físico ya no alimentase más su autoritario corazón.

Ya estaba entrado el verano en los tejados de los moteles y los restaurantes de carretera, y frente a las estaciones de servicio, donde surtidores nuevos se alzaban en charcos de luz. Cuando llegué a mi hacienda en el *West Egg* llevé el automóvil bajo el cobertizo y me senté un momento en el jardín sobre un abandonado rodillo para césped. El viento había dejado de soplar y había dejado una noche ruidosa y brillante de alas golpeteando en los árboles y el continuo sonido de órgano, como si, soplando, los henchidos fuelles de la tierra llenasen de vida a las ranas. La silueta de un gato que se movía oscilaba a la luz de la luna, y al volver la cabeza para mirarlo vi que no estaba solo. A unos quince metros había emergido una figura desde las sombras de la mansión de mi vecino, que estaba de pie mirando con las manos en los bolsillos la pimienta plateada de las estrellas. Algo en sus movimientos pausados y en la posición firme de sus pies sobre el césped indicaba que era el propio señor Gatsby, que había salido para calcular qué parte de los cielos locales era la suya.

Me decidí a llamarlo. La señorita Baker lo había mencionado en la cena y eso serviría como presentación; pero no lo llamé pues él dio un indicio repentino de que estaba contento de estar solo: estiró los brazos hacia las oscuras aguas de una manera extraña y, aunque estaba lejos de él, podría haber jurado que estaba temblando. Miré hacia el mar involuntariamente, y no pude distinguir nada excepto una sola luz verde, diminuta y lejana, que podría haber sido la del final de algún muelle. Cuando volví a mirar a Gatsby, había desaparecido y yo estaba solo otra vez en la oscuridad inquieta.

CAPÍTULO 2

Más o menos a medio camino entre el *West Egg* y Nueva York la carretera se une precipitadamente a la línea férrea y corre a su lado unos cuatrocientos metros, como para apartarse de cierta zona de tierra desolada. Es un valle de cenizas; una granja fantástica donde las cenizas crecen como el trigo en las cumbres y las colinas; un lugar donde las cenizas adquieren forma de casas y chimeneas y humo que asciende y al final, con un esfuerzo extraordinario, de hombres que se mueven débilmente y desaparecen a través del aire polvoriento. A veces, una fila de automóviles grises repta por una pista invisible, exhala un horrible chirrido y se detiene, e inmediatamente los hombres gris-ceniza revolotean como un enjambre con palas plomizas y levantan una nube impenetrable que oculta de la vista sus oscuros manejos.

Pero sobre la tierra gris y los espasmos del lúgubre polvo que va incesantemente a la deriva sobre ella, después de un rato uno percibe los ojos del doctor T. J. Eckleburg. Los ojos del doctor T. J. Eckleburg son azules y gigantescos, las retinas son de un metro de alto. No miran desde un rostro, sino que en lugar de eso miran desde un par de anteojos amarillos enormes que sobrevuelan una nariz inexistente. Evidentemente, algún loco oculista ingenioso los había puesto allí para engordar su clientela en el barrio de Queens, y luego se hundió en la ceguera eterna, o se olvidó de ellos y se marchó lejos. Pero sus ojos, un poco deslucidos por muchos días sin pintura bajo el sol y la lluvia, siguen dándole vueltas a la cosa sobre el solemne vertedero.

El valle de las cenizas está limitado en un lado por un riachuelo malsano y cuando el puente levadizo está levantado para dejar paso a las barcazas, los pasajeros de los trenes que esperan detenidos pueden contemplar la deprimente escena durante media hora. Allí siempre hay una parada de al menos un minuto y fue por causa de ello como conocí a la amante de Tom Buchanan.

Sobre el hecho de que él tenía una insistieron allá donde lo conocían. Sus conocidos estaban molestos porque él acudía a restaurantes populares con ella, la dejaba en la mesa y se daba un paseo a charlar con quien fuese que conocía. Aunque yo tenía curiosidad por verla, no tenía deseo alguno de conocerla, pero lo hice. Fui una tarde a Nueva York con Tom en el tren y cuando nos detuvimos junto a los montones de ceniza se puso en pie de un salto y agarrándome por el codo me forzó literalmente a salir del vagón.

—¡Nos apeamos! —insistió—. Quiero que conozcas a mi chica.

Creo que él había bebido mucho en el almuerzo y su decisión de tener mi compañía lindaba con la violencia. La arrogante suposición era que yo no tenía nada mejor que hacer un domingo por la tarde.

Lo seguí pasando por encima de una encalada valla de ferrocarril y retrocedimos unos cien metros a lo largo de la carretera bajo la persistente mirada del doctor Eckleburg. La única edificación a la vista era una pequeña casa amarilla de ladrillo situada sobre el límite del erial, una especie de Calle Mayor reducida la servía y no colindaba con nada en absoluto. Una de las tres tiendas que contenía se alquilaba y otra era un restaurante abierto toda la noche al que se llegaba por un sendero de ceniza; la tercera era un garaje: Reparaciones George B. Wilson. Compraventa de automóviles. Y seguí a Tom adentro.

El interior era pobre y estaba desprovisto de muebles, el único automóvil visible eran los restos cubiertos de polvo de un Ford agazapado en un rincón oscuro. Se me ocurrió que este fantasma de garaje, o taller, debía ser una tapadera y que por encima estaban ocultos unos suntuosos y románticos apartamentos, cuando el mismísimo propietario apareció a la puerta de un despacho limpiándose las manos con un trapo. Era un hombre rubio y desanimado, anémico y lejanamente bien parecido. Cuando nos vio, un húmedo rayo de esperanza brotó en sus claros ojos azules.

—Hola, Wilson, viejo —dijo Tom palmeándolo alegremente en el hombro—, ¿cómo va el negocio?

—No puedo quejarme —respondió Wilson sin convicción—, ¿cuándo vas a venderme el automóvil ese?

—La semana que viene, ahora tengo a mi mecánico trabajando en él.

—Trabaja muy despacio, ¿eh?

—No, no lo hace —dijo fríamente Tom—, pero si te sientes así con eso quizá será mejor que lo venda en algún otro sitio al final.

—No quiero decir eso —se excusó rápidamente Wilson—, yo sólo quería decir...

Su voz se apagó y Tom miró impacientemente alrededor del taller. Entonces oí pisadas en las escaleras y en un instante la carnosa figura de una mujer bloqueó la luz desde la puerta del despacho. Estaba a mitad de la treintena y era ligeramente rechoncha, pero llevaba su excedente carnal muy sensualmente, como pueden hacerlo ciertas mujeres. Sobre el moteado vestido azul oscuro de crepé, su cara no tenía faceta ni brillo alguno de belleza, pero perceptible inmediatamente había una vitalidad en ella como si los nervios de su cuerpo estuviesen continuamente a fuego lento. Sonrió lentamente y caminando ante su marido como si él fuese un fantasma fue a darle la mano a Tom, mirándolo directamente a los ojos. Luego se humedeció los labios y sin darse la vuelta le dijo a su marido con una voz baja y áspera:

—Trae sillas, ¿quieres?, y así la gente podrá sentarse.

—Ah, claro —accedió Wilson precipitadamente, y se fue hacia el pequeño despacho, mezclándose inmediatamente con el color cemento de las paredes. Un blanquecino polvo ceniciento cubría su traje oscuro y su pálido cabello, lo mismo que lo cubría todo en el vecindario... Todo menos su mujer, que se acercó a Tom.

—Quiero verte —dijo Tom mirándola fijamente—, súbete al próximo tren.

—De acuerdo.

—Nos encontraremos en el puesto de periódicos del nivel inferior.

Ella asintió con la cabeza y se alejó de él justo cuando George Wilson apareció con dos sillas por la puerta de su despacho.

La esperamos en la carretera, fuera de la vista. Faltaban pocos días para el Cuatro de Julio y un niño italiano gris y escuálido ponía torpedos en fila a lo largo de la vía del tren.

—Terrible lugar, ¿verdad? —dijo Tom intercambiando un fruncimiento de ceño con el doctor Eckleburg.

—Horrible.

—A ella le sienta bien hacer una escapada.

—¿Su marido no se opone?

—¿Wilson? Ese se cree que ella va a ver a su hermana en Nueva York. Es tan tonto que ni sabe que está vivo.

Así que Tom Buchanan y su chica y yo fuimos juntos a Nueva York, o no tan juntos, pues la señora Wilson se sentó discretamente en otro vagón. Tom les concedía hasta ahí a las sensibilidades de aquellos del *East Egg* que pudiesen estar en el tren.

Ella se había cambiado de vestido y llevaba uno de muselina marrón estampada que se estiraba apretado sobre sus caderas más bien anchas cuando Tom la ayudó a bajarse en el andén en Nueva York. En el puesto de periódicos compró un ejemplar de *Town Tattle*[2] y una revista de cine, y en la tienda de la estación algo de crema facial y un frasquito de perfume. Arriba, en la solemne entrada llena de ecos, ella dejó que pasaran de largo cuatro taxis antes de elegir uno nuevo, color lavanda con tapicería gris, y en este nos deslizamos desde la masa de la estación hacia la resplandeciente luz del sol. Pero ella se giró inmediatamente desde la ventana y echándose hacia adelante se puso a dar golpes en el cristal intermedio.

—Quiero tener un perro de esos —dijo afanosamente—. Quiero tener uno para el apartamento. Es bueno tener... Un perro.

Dimos marcha atrás hasta llegar a un viejo gris que tenía un absurdo parecido con John D. Rockefeller. En una cesta que colgaba de su cuello se encogían de miedo diez o doce cachorritos de perro muy pequeños de raza indeterminada.

—¿De qué clase son? —preguntó la señora Wilson con ilusión cuando el viejo se acercó a la ventanilla del taxi.

—De todas clases. ¿Qué clase desea usted, señora?

—Me gustaría tener uno de esos perros policía, ¿no tiene usted alguno de esa clase?

El hombre miró dubitativamente a la cesta, hundió la mano en ella y sacó del pescuezo a uno que se retorcía.

—Ese no es un perro policía —dijo Tom.

—No, no es exactamente un perro policía —dijo el hombre con voz desilusionada—. Este tiene más de terrier.

Pasó la mano sobre el lomo marrón, que parecía un paño de cocina.

—Miren qué capa tiene, toda una señora capa. Este perro no les molestará nunca resfriándose.

---

[2] *Chismes de la ciudad. (N. del T.)*

—Me parece precioso —dijo la señora Wilson con entusiasmo—. ¿Cuánto es?

—¿Este perro? —lo miró admirativamente—, este perro le costará diez dólares.

El terrier —sin duda había un terrier involucrado en el asunto por algún lado, aunque las patas eran sorprendentemente blancas— cambió de manos y se instaló en el regazo de la señora Wilson, donde ella acarició la capa impermeable con arrobo.

—¿Es niño o niña? —preguntó delicadamente.

—¿Ese perro? Ese perro es niño.

—Es perra —dijo Tom contundentemente—. Tenga el dinero. Vaya y cómprese otros diez perros con él.

Seguimos adelante hasta la Quinta Avenida, tan cálida y suave en la tarde de verano, casi pastoril, que no me habría sorprendido ver a un gran rebaño de ovejas blancas aparecer por la esquina.

—Espere —le dije al chófer—; tengo que dejaros aquí.

—No, no lo harás —se interpuso rápidamente Tom—, Myrtle se ofendería si no subes al apartamento, ¿verdad, Myrtle?

—Venga, vamos —apremió ella—. Llamaré por teléfono a mi hermana Catherine. La gente que debe saber de eso dice que es muy hermosa.

—Bueno, me gustaría, pero...

Seguimos adelante, acortando otra vez por el Parque hacia las calles oeste de números a partir del cien. En la calle 158, el taxi se detuvo en una porción de una larga tarta blanca de apartamentos. La señora Wilson lanzó una mirada regia de vuelta a casa al vecindario, recogió su perro y sus demás compras y entró altivamente en la casa.

—Voy a hacer que vengan los McKee —anunció mientras subíamos en el ascensor—; y por supuesto tengo que llamar a mi hermana también.

El apartamento estaba en el último piso: una salita pequeña, un comedor pequeño, un dormitorio pequeño y un cuarto de baño. La salita estaba abarrotada al máximo con un conjunto de muebles tapizados claramente demasiado grandes para el lugar, de manera que moverse en él era tropezar continuamente con escenas de damas columpiándose en los jardines de Versalles. La única imagen era una fotografía demasiado ampliada que aparentemente era de una gallina sentada en una piedra borrosa. Sin embargo, al mirarla desde cierta distancia la gallina se transformaba en un gorro y el rostro de una vieja dama regordita se irradiaba al lugar. Varios ejemplares del *Town Tattle* descansaban sobre la mesa junto con uno de *Simón, llamado Pedro* y algunas de las revistas de pequeños escándalos de Broadway. Al principio, la señora Wilson se ocupó de la perra. Un reacio chico ascensorista fue por una caja llena de paja y algo de leche, a la cual añadió por iniciativa propia una caja de secas galletas grandes para perro, una de las cuales fue descomponiéndose indolentemente en el platillo de leche toda la tarde. Mientras tanto, Tom sacó una botella de wiski de la puerta cerrada con llave de un escritorio.

Yo sólo me he emborrachado dos veces en toda mi vida, y la segunda fue aquella tarde, de modo que todo lo que ocurrió tiene un tono tenue y brumoso por encima, aunque hasta las ocho el apartamento estuvo lleno de un sol alegre. Sentada en el regazo de Tom, la señora Wilson llamó a varias personas por teléfono; luego no había cigarrillos y salí a comprar en la tienda de la esquina. Cuando volví habían desaparecido, de modo que me senté discretamente en la salita y leí un capítulo de *Simón, llamado Pedro*, que o era espantoso, o el wiski distorsionaba las cosas, porque para mí no tenía sentido alguno.

Justo cuando Tom y Myrtle reaparecieron —después de la primera bebida la señora Wilson y yo ya nos llamábamos por nuestros nombres de pila— empezó a llegar gente a la puerta del apartamento.

La hermana, Catherine, era una mujer esbelta y sofisticada de unos treinta, con una firme y lacada melena de cabello pelirrojo cortada por encima de los hombros y un cutis empolvado blanco como la leche. Sus cejas se habían depilado y luego vuelto a dibujar en un ángulo más elegante, pero los esfuerzos de la naturaleza hacia la restauración de la línea original le daba un aire borroso a su cara. Cuando se movía por ahí había un tintineo incesante por los innumerables brazaletes de cerámica que se deslizaban arriba y abajo por sus brazos. Entró con tal prisa de propietaria y miró alrededor a los muebles tan posesivamente que me pregunté sino viviría allí; pero cuando se lo pregunté se rio exageradamente, repitió la pregunta en voz alta y me dijo que vivía en un hotel con una amiga.

El señor McKee era un pálido hombre afeminado que vivía en el piso de abajo. Acababa de afeitarse, porque tenía un punto blanco de espuma en el pómulo, y era respetuosísimo saludando a todo el mundo en la habitación. Me informó que estaba en el «mundillo artístico» y después supe que era fotógrafo y que había hecho la borrosa ampliación del retrato de la madre de la señora Wilson que se cernía como un ectoplasma sobre la pared. Su esposa era chillona, lánguida, bien parecida y desagradable. Me dijo con orgullo que su marido la había fotografiado ciento veintisiete veces desde que se casaron.

La señora Wilson se había cambiado de vestido algún tiempo antes y ahora estaba vestida con un elaborado vestido de noche de raso color crema que crujía continuamente cuando se movía por la habitación. Bajo la influencia del vestido, su personalidad había experimentado un cambio también. La intensa vitalidad que había sido tan notable en el taller se había convertido en una impresionante altivez. Su risa, sus gestos y sus aseveraciones se fueron haciendo más impetuosamente afectados por momentos, y tal como ella se expandía la habitación se empequeñecía a su alrededor hasta que pareció que daba vueltas y vueltas sobre un pivote ruidoso y chirriante por el aire lleno de humo.

—Querida —le dijo a su hermana con un agudo grito remilgado—, la mayoría de estos tipos te engañará cada vez. Sólo piensan en el dinero. Tuve a una mujer aquí la semana pasada para que me arreglase los pies y cuando me dio la factura era como para pensar que me había quitado el apéndice.

—¿Cómo se llamaba esa mujer? —preguntó la señora McKee.

—Señora Eberhardt. Va por ahí cuidando de los pies de la gente a domicilio.

—Me gusta su vestido —observó la señora McKee—, me parece encantador.

La señora Wilson rechazó el cumplido levantando una ceja desdeñosamente.

—Es sólo una cosa estrafalaria y vieja —dijo—, me lo pongo algunas veces cuando no me importa el aspecto que tengo.

—Pero en usted tiene un aspecto maravilloso, si sabe lo que quiero decir —prosiguió la señora McKee—, si Chester pudiera tenerla en esa pose suya creo que podría hacer algo grande con ello.

Todos miramos en silencio a la señora Wilson, que se quitó un mechón de cabello de encima de los ojos y nos miró con una sonrisa brillante. El señor McKee la miró atentamente con la cabeza inclinada de lado y luego movió la mano adelante y atrás frente a su cara.

—Yo cambiaría la luz —dijo un momento después—, me gustaría destacar el modelado de las facciones. Intentaría también hacerme con todo el cabello de atrás.

—Pues yo ni pensaría en cambiar la luz —exclamó la señora McKee—, creo que es...

Su marido dijo «¡sshtt!» y todos volvimos a mirar al sujeto de la conversación, tras lo cual Tom Buchanan bostezó audiblemente y se puso en pie.

—Vosotros, los McKee, bebed algo —dijo—; trae algo más de hielo y agua mineral, Myrtle, antes de que todos se duerman.

—Le he dicho a ese muchacho lo del hielo —Myrtle levantó las cejas en desesperación por la holgazanería de las clases bajas—. ¡Qué gente! Tienes que vigilarlos todo el rato.

Me miró y se rio sin sentido. Luego se contoneó hacia el perro, lo besó con arrobo y se precipitó a la cocina, como si allí esperasen sus órdenes una docena de cocineros jefes.

—He hecho algunas cosas buenas en Long Island —afirmó el señor McKee.

Tom lo miró sin comprender.

—Dos de ellas las tenemos enmarcadas abajo.

—¿Dos qué? —requirió Tom.

—Dos estudios. A uno lo llamo «Punta Montauk-Gaviotas», y a la otra la llamo «Punta Montauk-Mar»

Catherine, la hermana, se sentó a mi lado en el sofá.

—¿Usted también vive en Long Island? —me preguntó.

—Vivo en el *West Egg*.

—¿De veras? Estuve allí en una fiesta hará un mes más o menos. En la casa de un hombre llamado Gatsby. ¿Lo conoce usted?

—Soy vecino suyo.

—Bueno, es que dicen que es sobrino o primo del káiser Guillermo. De ahí viene todo su dinero.

—¿De veras?

—Ella asintió con la cabeza.

—Tengo miedo de él. Detestaría que tuviese algo contra mí.

Esta absorbente información sobre mi vecino se interrumpió por la señora McKee, que señaló de repente a Catherine.

—Chester, creo que podrías hacer algo con ella —estalló, pero el señor McKee sólo movió la cabeza con aire aburrido y centró su atención en Tom.

—Me gustaría trabajar más en Long Island si pudiera introducirme. Todo lo que pido es que me den un empujón inicial.

—Pídaselo a Myrtle —dijo Tom, que lanzó una risotada corta cuando la señora Wilson entraba con una bandeja—, ella le dará una carta de presentación, ¿verdad, Myrtle?

—¿Dar qué? —preguntó sorprendida.

—Le darás a McKee una carta de presentación para tu marido, y así podrá hacer algunos estudios sobre él —sus labios se movieron silenciosamente un instante mientras pensaba—. «George B. Wilson en el surtidor de gasolina», o algo así.

Catherine se acercó a mí inclinándose y susurró en mi oído: «ninguno de los dos soporta a la persona con la que se casó».

—¿No pueden soportarlos?

—Yo no los soporto —miró a Myrtle y luego a Tom—. Lo que digo es que, ¿por qué seguir juntos si no se aguantan entre sí? Yo de ellos me divorciaría y volvería a casarme enseguida.

—¿Tampoco le gusta Wilson?

La respuesta a esta pregunta fue inesperada. Vino de Myrtle, que había oído la pregunta, y fue vehemente y obscena.

—¿Véis? —exclamó Catherine triunfalmente; bajó otra vez la voz—, en realidad es la mujer de él quien los separa. Ella es católica y los católicos no creen en el divorcio.

Daisy no era católica y yo estaba un tanto sorprendido por lo elaborado de la mentira.

—Cuando se casen —siguió Catherine— irán a vivir al Oeste un tiempo hasta que la cosa estalle.

—Sería más discreto ir a Europa.

—Ah, ¿le gusta Europa? —exclamó ella inesperadamente—, yo acabo de volver de Montecarlo.

—¿De veras?

—Justo el año pasado fui allí con otra chica.

—¿Se quedaron mucho tiempo?

—No, fue sólo ir a Montecarlo y vuelta. Fuimos allá pasando por Marsella. Teníamos unos mil doscientos dólares cuando empezamos, pero nos timaron todo en dos días de habitación privada. Lo pasamos muy mal para volver, puedo asegurárselo. ¡Dios, cómo odiaba esa ciudad!

El cielo de la atardecida floreció un momento como la miel azulada del Mediterráneo... Y luego la voz estridente de la señora McKee me llamó para que volviese dentro.

—Yo casi que me equivoqué también —declaró vigorosamente—. Estuve a punto de casarme con un pequeño judío insignificante que se pasó años tras de mí. Yo sabía que él era muy inferior. Todo el mundo me decía una y otra vez: «Lucille, ese hombre está muy por debajo de ti»; pero si no hubiera conocido a Chester me habría tenido segura.

—Sí, pero escucha —dijo Myrtle Wilson meneando la cabeza de arriba abajo—, tú por lo menos no te casaste con él.

—Ya sé que no lo hice.

—Bueno, pues yo sí me casé con él —dijo Myrtle ambiguamente—, y esa es la diferencia entre tu caso y el mío.

—¿Por qué lo hiciste, Myrtle? —preguntó Catherine—, no te obligó nadie.

Myrtle reflexionó.

—Me casé con él porque creí que era un caballero —dijo al final—; creí que él sabía algo de educación, pero no valía ni para lamerme el zapato.

—Estuviste loca por él un tiempo —dijo Catherine.

—¡Qué estuve loca por él! —exclamó Myrtle con incredulidad—. ¿Quién ha dicho que yo estaba loca por él? Yo jamás estuve más loca por él que por ese hombre de ahí.

Me señaló de repente y todos me miraron de modo acusador. Intenté mostrar con mi expresión que yo no había intervenido para nada en su pasado.

—La única vez que estuve loca fue cuando me casé con él. Supe enseguida que había cometido un error. Él le pidió prestado a alguien su mejor traje para casarse y ni siquiera me lo dijo, y el hombre vino a buscarlo un día cuando él estaba fuera.

Miró alrededor para ver quién la escuchaba.

—Oh, ¿que este es su traje? —dije—, pues ahora me entero de eso... —pero se lo di y luego me eché en la cama y lloré toda la tarde como para empapar el colchón.

—De verdad que ella debería alejarse de él —me resumió Catherine—; llevan once años viviendo en ese garaje, y Tom es el primer cariño que ella ha tenido nunca.

La botella de wiski —la segunda— estaba ahora muy solicitada por todos los presentes, exceptuando a Catherine, que «se sentía igual de bien sin nada de nada». Tom llamó al conserje y lo envió por algunos sándwiches famosos, que eran una cena completa en sí mismos. Yo quería salir y caminar rumbo Este hacia el Parque en el suave crepúsculo, pero cada vez que intentaba irme me veía enredado en alguna discusión estridente y alocada que tiraba de mí para atrás, como si fuera con sogas, hasta mi silla. Aunque altas sobre la ciudad, nuestra hilera de ventanas amarillas debe haber aportado su ración de secretos humanos a alguien que mirase por casualidad desde las calles oscurecidas, y yo también era ese alguien, que miraba para arriba y se extrañaba. Yo estaba dentro y fuera, encantado y repelido a la vez por la inagotable variedad de la vida.

Myrtle acercó su silla a la mía, y de repente su cálido aliento vertió en mí la historia de su primer encuentro con Tom.

—Yo estaba en uno de esos dos asientos pequeños que están enfrentados uno a otro y que siempre son los últimos que quedan libres en el tren. Yo iba a Nueva York a ver a mi hermana y pasar la noche con ella. Él llevaba puesto un traje de etiqueta y zapatos de charol, y yo no podía quitarle los ojos de encima, pero cada vez que me miraba yo tenía que fingir que miraba a un anuncio que había encima de su cabeza. Cuando llegamos a la estación él estaba a mi lado y su blanca pechera me apretaba el brazo... Así que le dije que tendría que llamar a algún policía, pero él sabía que yo no lo decía de verdad. Yo estaba tan excitada que cuando me metí en el taxi con él casi ni me di cuenta de que no me estaba metiendo en el subterráneo. Todo en lo que yo pensaba y pensaba, una vez y otra, era «no se vive eternamente, no se vive eternamente».

Se volvió hacia la señora McKee y la habitación resonó llena de su risa artificiosa.

—Querida —exclamó— voy a darle a usted este vestido en cuanto acabe con él. Tengo que comprarme otro mañana mismo. Voy a hacer una lista con todas las cosas que tengo que comprar. Un masaje, y una permanente, y un collar para el perro, y uno de esos preciosos ceniceritos en los que tocas un muelle, y una corona de flores con un lazo negro de seda que dure todo el verano para la tumba de mi madre. Tengo que escribir una lista y así no me olvidaré de todas las cosas que tengo que hacer,

Eran las nueve... Casi inmediatamente después, miré mi reloj y vi que ya eran las diez. El señor McKee se había dormido en una silla con los puños apretados sobre el regazo, como la fotografía de un hombre de acción. Saqué el pañuelo y le limpié de la mejilla los restos de la mancha de jabón de afeitar seco que me habían tenido nervioso toda la tarde.

El perrito estaba sentado sobre la mesa y miraba con ojos ciegos a través del humo, de cuando en cuando gemía débilmente. La gente desaparecía, volvía a aparecer, hacía planes para ir a algún sitio, y luego se perdían uno de otro, se buscaban uno a otro y se encontraban uno a otro a pocos pasos de distancia. En algún momento, hacia la medianoche, Tom Buchanan y la señora Wilson se enfrentaron discutiendo con voces apasionadas si la señora Wilson tenía algún derecho a mencionar el nombre de Daisy.

—¡Daisy! ¡Daisy! ¡Daisy! —gritó la señora Wilson—. ¡Lo diré cuando me dé la gana! ¡Daisy! ¡Dai...!

Con un movimiento corto y hábil, Tom Buchanan le rompió la nariz con la mano abierta.

Entonces hubo toallas ensangrentadas en el suelo del baño y voces indignadas de mujer, y por encima de la confusión un largo y entrecortado gemido de dolor. El señor McKee se despertó de su siesta y empezó a andar hacia la puerta, aturdido. Cuando estaba a medio camino se dio la vuelta y miró la escena: su mujer y Catherine regañando y consolándose mientras se tropezaban por todos lados entre los amontonados muebles con cosas del botiquín de primeros auxilios, y la desesperada figura en el sofá que sangraba profusamente y trataba de repartir las hojas de un ejemplar del *Town Tattle* sobre las escenas versallescas de la tapicería. Entonces el señor McKee se dio la vuelta y continuó su camino hacia la puerta. Agarré mi sombrero de la lámpara de araña y lo seguí.

—Véngase a almorzar algún día —sugirió mientras bajábamos en el ascensor.

—¿Dónde?

—Donde sea.

—Quite la mano de la palanca —gritó el ascensorista.

—Le ruego que me perdone —dijo el señor McKee muy dignamente—, no sabía que estuviera tocándola.

—De acuerdo —accedí—, con mucho gusto.

... Yo estaba al lado de la cama y él estaba sentado derecho entre las sábanas, ataviado sólo con su ropa interior, con un gran álbum de fotos en las manos.

—La bella y la bestia... Soledad... El viejo caballo de la tienda... El puente de Brooklyn...

Después yo estaba echado medio dormido en el frío nivel inferior de la Estación Pennsylvania, mirando la edición de la mañana del *Tribune* y esperando el tren de las cuatro en punto.

CAPÍTULO 3

Se escuchaba música desde la casa del vecino por las noches de verano. En sus azulados jardines hombres y chicas iban y venían como mariposas nocturnas entre los susurros, el champán y las estrellas. En la marea alta de la tarde miré a sus invitados zambulléndose desde la plataforma de su balsa o tomando el sol sobre la caliente arena de su playa mientras sus dos motoras hendían las aguas del Estrecho arrastrando esquiadores acuáticos sobre cascadas de espuma. En los fines de semana, su Rolls-Royce se convertía en un autobús que llevaba invitados a la ciudad y desde ella, entre las nueve de la mañana y muy pasada la medianoche, mientras que su automóvil familiar correteaba como un brioso insecto amarillo para llegar a todos los trenes. Y los lunes ocho sirvientes, incluyendo al jardinero de refuerzo, se esforzaban todo el día con escobas, mopas, martillos y tijeras de podar para reparar los estragos de la noche anterior.

Todos los sábados llegaban cinco cajones de naranjas y limones desde un frutero de Nueva York; cada lunes esos mismos limones y naranjas salían por la puerta de atrás en una pirámide de mitades vacías de pulpa. En la cocina había una máquina que podía sacar el zumo de doscientas naranjas en media hora, si el pulgar del mayordomo apretaba un botoncito doscientas veces.

Al menos una vez por quincena, un batallón de proveedores llegaba con varios cientos de metros de lona y las suficientes luces de colores como para hacer un árbol de Navidad del enorme jardín de Gatsby. Sobre mesas de bufé, guarnecidas con relucientes entremeses, aperitivos y jamones cocidos con especias, se apiñaban con ensaladas de motivos arlequinados y pasteles de cerdo y pavo encantados hasta un color dorado oscuro. En el vestíbulo principal se preparaba un bar con un reposapié auténtico de latón, abastecido con ginebras y bebidas alcohólicas, y con licores olvidados hacía tanto tiempo que la mayoría de sus invitadas eran demasiado jóvenes para poder diferenciar unos de otros.

Hacia las siete de la tarde llegó la orquesta; no una de esas de cinco músicos, sino un conjunto entero de oboes, trombones, saxofones, violas, cornetas, píccolos y tambores agudos y graves. Los últimos bañistas ya han llegado de la playa y se visten en el piso de arriba; los automóviles de Nueva York están alineados de a cinco en fondo en el camino de entrada, y los vestíbulos, los salones y las galerías llamean de colores primarios y de cabellos cortados de maneras nuevas y extrañas y de chales que están más allá de los sueños de Castilla. El bar funciona a toda marcha y las circulantes rondas de cócteles se infiltran en el jardín de fuera hasta que el aire está vivo de charlas y de risas y de indirectas casuales y de presentaciones olvidadas al segundo y de encuentros entusiastas entre mujeres que no han sabido nunca el nombre unas de otras.

Las luces se hacen más brillantes a medida que la Tierra se tambalea alejándose del Sol, y ahora la orquesta toca animada música de cóctel y la ópera de las voces sube a un tono más alto. La risa es más fácil minuto a minuto, se derrama con prodigalidad, se vierte por cualquier palabra alegre. Los grupos cambian más rápidamente, se hinchan con nuevas llegadas, se disuelven y se forman al mismo tiempo; ya hay muchachas errantes y seguras de sí mismas que serpentean por todos lados entre los más audaces y más estables, por un momento ingenioso y feliz se convierten en el centro de un grupo, y luego, excitadas por el triunfo, se deslizan por la marea cambiante de caras y de voces y de color bajo la luz que cambia constantemente.

De repente, una de esas gitanas de ópalos temblorosos se hace con un cóctel al vuelo, se lo echa para abajo para encontrar valor y moviendo las manos como San Francisco en un terremoto baila sola sobre la plataforma de lona. Un silencio momentáneo, el director de la orquesta cambia de ritmo servicialmente por ella y hay un estallido de comentarios porque circula la noticia equivocada de que es la suplente de Gilda Gray en el Follies. La fiesta ha comenzado.

Creo que la primera noche que fui a casa de Gatsby yo era uno de los pocos invitados que habían sido invitados realmente. La gente no estaba invitada, simplemente iba. Se metían en automóviles que los llevaban a Long Island y de alguna manera terminaban en la puerta de Gatsby. Una vez allí, eran presentados por alguien que conocía a Gatsby y después de eso se comportaban según las reglas de conducta asociada a los parques de atracciones. A veces llegaban y se iban sin haber conocido a Gatsby en absoluto, pues iban a la fiesta con una sencillez de corazón que era su propio billete de entrada.

Yo había sido invitado de verdad. Un chófer en uniforme azul claro atravesó temprano mi césped aquel sábado por la mañana con una nota sorprendentemente formal de su patrón: el honor sería de Gatsby por entero, decía, si yo acudía a su «pequeña fiesta» aquella noche. Él me había visto varias veces y había tenido la intención de hacerme una visita mucho antes, pero una extraña combinación de circunstancias lo había evitado, y firmaba J. Gatsby con caligrafía majestuosa.

Vestido elegantemente de franela blanca fui para allá sobre su césped un poco después de las siete y vagué bastante incómodo entre torbellinos y remolinos de gente a la que no conocía, aunque de cuando en cuando había alguna cara en la que me había fijado en el tren de viaje al trabajo. Me impresionó inmediatamente el número de jóvenes ingleses desperdigados por todas partes; todos bien vestidos, todos con aspecto de estar un poco hambrientos y todos hablando en voz baja y seria con norteamericanos prósperos y firmes. Estaba seguro de que les vendían algo: bonos, o seguros, o automóviles. Como mínimo, eran angustiosamente conscientes del dinero fácil que había a su alrededor y se convencían de que sería suyo por unas pocas palabras dichas en el tono adecuado.

En cuanto llegué intenté encontrar a mi anfitrión, pero las dos o tres personas a quienes les pregunté por su paradero me miraron con tanto asombro y negaron tan vehementemente tener conocimiento alguno de sus movimientos que me escabullí en dirección a la mesa de los cócteles; el único lugar del jardín donde un hombre sin compañía podía permanecer sin parecer indeciso y solo.

Yo estaba de camino a emborracharme tremendamente de puro bochorno cuando Jordan Baker salió de la casa y se detuvo al inicio de los escalones de mármol, apoyándose un poco hacia atrás y mirando con interés desdeñoso hacia el jardín.

Fuese bienvenido o no, vi que era necesario que me uniese a alguien antes de que empezara a dirigir observaciones cordiales a quienes pasasen.

—¡Hola! —rugí avanzando hacia ella. Mi voz pareció anormalmente fuerte por el jardín.

—Creí que podría estar usted aquí —respondió ella distraídamente cuando yo subía los escalones—. Recordé que usted vivía al lado de...

Me estrechó la mano de manera impersonal, como una promesa de que cuidaría de mí en un momento, y prestó atención a dos chicas de vestidos amarillos gemelos que se detuvieron al pie de las escaleras.

—¡Hola! —exclamaron juntas—. Sentimos que no ganara.

Eso era por el campeonato de golf. Ella había perdido en la final de la semana anterior.

—No sabe quiénes somos —dijo una de las chicas de amarillo—, pero nos conocimos aquí hará cosa de un mes.

—Se han teñido el pelo desde entonces —observó Jordan y yo me sobresalté, pero las chicas habían seguido moviéndose con desinterés y su comentario se dirigió a la luna prematura que, como la cena, había salido sin duda de la cesta de un proveedor. Con el esbelto brazo dorado de Jordan apoyado en el mío, descendimos la escalera y dimos un paseo por el jardín. Hacia nosotros flotaba en el crepúsculo una bandeja con cócteles y nos sentamos a una mesa con las dos chicas de amarillo y tres hombres, cada uno de ellos se nos presentó como el señor Murmullo.

—¿Vienen a menudo a estas fiestas? —preguntó Jordan a la chica que tenía al lado.

—La última vez fue cuando nos conocimos —respondió la chica con voz despierta y llena de confianza. Se volvió hacia su compañera:

—¿No fue igual para ti, Lucille?

Lo fue también para Lucille.

—Me gusta venir —dijo Lucille—, no me preocupa nunca lo que hago, así que siempre me lo paso bien. Cuando estuve aquí la última vez me rompí el vestido con una silla, y él me preguntó mi nombre y mi dirección. En menos de una semana recibí un paquete de Croirier que traía un vestido de noche nuevo.

—¿Te lo quedaste? —preguntó Jordan.

—Claro que sí. Iba a ponérmelo esta noche, pero es demasiado grande de pecho y tengo que ajustarlo. Es de color azul gas con cuentas lavanda. Doscientos sesenta y cinco dólares.

—Hay algo raro en un hombre que hace una cosa así —dijo la otra chica con impaciencia—. Él no quiere tener problema alguno con nadie.

—¿Quién no quiere tener problemas? —pregunté.

—Gatsby. Alguien me dijo que...

Las dos chicas y Jordan se acercaron entre sí confidencialmente.

—Alguien me dijo que creía que una vez él había matado un hombre.

Sobre todos nosotros pasó un escalofrío. Los tres señores Murmullo se inclinaron hacia delante y escucharon con avidez.

—Creo que no es tanto eso —arguyó Lucille escépticamente—, creo que más bien es que él fue un espía de los alemanes durante la guerra.

Uno de los hombres asintió con la cabeza a modo de confirmación.

—Yo he oído eso de un hombre que lo sabía todo sobre él y que creció con él en Alemania —nos aseguró decididamente.

—Ay, no —dijo la primera chica—, no puede ser eso porque él estuvo en el ejército americano durante la guerra.

Cuando nuestra credibilidad volvió con ella, se inclinó hacia delante con entusiasmo:

—Miradlo alguna vez cuando él cree que no lo mira nadie. Apuesto a que mató a un hombre.

Estrechó los ojos y tembló. Lucille tembló. Todos nos giramos y buscamos a Gatsby con la mirada. Era testimonio de la especulación romántica que él inspiraba el que hubiera cuchicheos sobre él entre aquellos que encontraban poco que fuese necesario cuchichear en este mundo.

Estaban sirviendo la primera cena —habría otra pasada la medianoche—, y Jordan me invitó a unirme a su propio grupo, que se desplegaba alrededor de una mesa en la otra punta del jardín. Había tres parejas casadas y el acompañante de Jordan, un persistente estudiante universitario dado a indirectas agresivas y que estaba evidentemente bajo la impresión de que antes o después Jordan iba a entregarle su persona en mayor o menor grado. En lugar de dispersarse, este grupo había preservado una homogeneidad digna y se había arrogado la función de representar la nobleza formal del campo; el *East Egg* condescendiente con el *West Egg* y cuidadosamente en guardia contra su alegría espectroscópica.

—Vayámonos —susurró Jordan tras media hora inoportuna y desperdiciada—, esto es demasiado correcto para mí.

Nos levantamos y me explicó que íbamos a encontrar a nuestro anfitrión.

—Yo no lo he conocido todavía —dijo— y eso me pone incómoda.

El universitario asintió de una manera cínica y melancólica.

El bar —donde miramos primero— estaba atestado, pero Gatsby no estaba allí. Ella no pudo divisarlo desde lo alto de las escaleras y tampoco estaba en la galería. Por azar probamos con una puerta de aspecto imponente y entramos en una biblioteca gótica, de techos altos y recubierta de paneles labrados de roble inglés, probablemente transportada completa desde alguna ruina de fuera del país.

Un hombre fornido de mediana edad con unos anteojos enormes como ojos de búho estaba sentado, algo borracho, al extremo de una gran mesa y miraba con inestable concentración los estantes de libros. Cuando entramos, se dio la vuelta excitadamente y examinó a Jordan de pies a cabeza.

—¿Qué les parece? —preguntó impetuosamente.

—¿Qué nos parece qué?

Él señaló con la mano los estantes de libros.

—Eso. De hecho no tienen que molestarse en verificarlo. Yo ya lo he hecho. Son de verdad.

—¿Los libros?

Asintió con la cabeza.

—Son totalmente reales, tienen páginas y todo. Yo creía que serían de buen cartón duradero, pero de hecho son totalmente reales. Páginas y... ¡Miren!, dejen que les enseñe.

Dando nuestro escepticismo por hecho, corrió a las estanterías y volvió con el primer volumen de las *Conferencias de Stoddard*.

—¡Vean! —exclamó triunfantemente—. Esto es un artículo genuino de imprenta. Me ha tenido engañado. Este hombre es un verdadero Belasco[3]. Es un triunfo. ¡Cuánta meticulosidad, cuánto realismo!

---

[3] David Belasco (1853-1931), dramaturgo, guionista, escritor, actor y productor teatral norteamericano. *(N. del T.)*

Y también sabía dónde detenerse, no ha cortado las páginas pegadas. Pero, ¿qué quieren?, ¿qué es lo que esperaban?

Me arrebató el libro y volvió a colocarlo apresuradamente en su estante, murmurando que si se quitaba un sólo ladrillo, toda la biblioteca correría el riesgo de derrumbarse.

—¿Quién les ha traído a ustedes? —preguntó—. ¿O acaban de llegar? A mí me trajeron, a la mayoría los han traído.

Jordan lo miraba vivamente y con buena cara, sin responder.

—A mí me trajo una mujer llamada Roosevelt —continuó—, señora de Claus Roosevelt. ¿La conocen? Yo la conocí anoche en algún sitio. Llevo como una semana borracho y creí que sentarme en una biblioteca podría hacerme recobrar la sobriedad.

—¿Y lo ha hecho?

—Creo que un poco, aún no puedo decirlo. Sólo llevo una hora aquí. ¿Les he dicho lo de los libros? Son de verdad. Son...

—Ya nos lo ha dicho.

Le estrechamos la mano con seriedad y volvimos a salir fuera.

Había un baile sobre la lona del jardín, tipos vejestorios empujando hacia atrás a jovencitas en eternos círculos sin gracia; parejas de la alta sociedad sujetándose enrevesadamente entre sí, elegantemente y manteniéndose en los rincones, y un gran número de chicas solas bailando individualmente o liberando por un momento a la orquesta de la carga del banjo o de alguno de los soplanotas. Hacia la medianoche la alegre diversión había aumentado. Un tenor famoso había cantado en italiano y una contralto muy conocida había cantado algo de *jazz,* y entre los números musicales la gente iba haciendo «escenas de riesgo» por todo el jardín, mientras vacuos estallidos de risas felices se elevaban hacia el cielo del verano. Un par de «gemelas» sobre el escenario —que resultó que eran las chicas de amarillo— hicieron una función con disfraces de niña y el champán se servía en copas más grandes que lavafrutas. La luna se había elevado más alto, y sobre el Estrecho flotaba un triángulo de escamas de plata que temblaban ligeramente por el gotear firme y metálico de los banjos sobre la hierba.

Yo todavía estaba con Jordan Baker. Estábamos sentados a una mesa con un hombre de mi edad más o menos y una niñita revoltosa que a la menor provocación soltaba una risa incontrolable. Ahora sí me estaba divirtiendo. Me había tomado dos lavafrutas de champán y la escena se había transformado ante mis ojos en algo significativo, elemental y profundo.

Adormilado por el entretenimiento, el hombre me miró y sonrió.

—Su cara me resulta conocida —dijo educadamente—, ¿no estaba usted en la División Tercera durante la guerra?

—Vaya, pues sí. Estuve en el Noveno Batallón de ametralladoras.

—Yo estuve en el Séptimo de Infantería hasta junio de mil novecientos dieciocho. Sabía que lo había visto a usted antes en algún sitio.

Durante un rato estuvimos hablando de algunos pueblecitos grises y húmedos de Francia. Era evidente que él vivía en este vecindario, pues me dijo que acababa de comprarse un hidroplano y que iba a probarlo por la mañana.

—¿Quiere venirse conmigo, amigo? Cerca de la costa sólo, a lo largo del Estrecho.

—¿A qué hora?

—La que mejor le convenga.

Tenía en la punta de la lengua preguntarle el nombre cuando Jordan nos miró y sonrió.

—¿Tenemos ahora un momento alegre? —preguntó.

—Mucho mejor —me volví otra vez hacia mi nuevo conocido—. Esta fiesta es algo desacostumbrado para mí. Ni siquiera he visto al anfitrión. Vivo por allá... —moví la mano hacia un seto invisible y distante—, y ese hombre, Gatsby, me envió a su chófer con una invitación.

Durante un momento me miró como si no hubiese comprendido.

—Yo soy Gatsby —dijo de repente.

—¿Qué? —exclamé—. Oh, le ruego que me perdone.

—Creí que lo sabía, amigo. Me temo que no soy muy buen anfitrión.

Sonrió comprensivamente... Mucho más que comprensivamente. Era una de esas infrecuentes sonrisas que tienen una cualidad de confianza constante con las que uno puede cruzarse cuatro o cinco veces en la vida. Se enfrentaba, o parecía enfrentarse, con todo el mundo exterior por un momento y luego se concentraba en ti con una predisposición irresistible a tu favor. Te comprendía tanto como tú quisieras que te comprendiese, creía en ti como a ti te gustaría creer en ti mismo, y esa sonrisa te garantizaba que tenía la impresión precisa de ti que tú esperabas transmitir lo mejor posible. Justamente en ese momento se esfumó, y me quedé mirando a un joven y elegante matón, uno o dos años por encima de los treinta, cuya elaborada formalidad de expresión rozaba lo absurdo. Un tiempo antes de que él se presentase, yo tenía la fuerte sensación de que escogía con mucho cuidado sus palabras.

Casi en el mismo momento en que el señor Gatsby se identificaba, un mayordomo se acercó apresurado a él con la información de que tenía una llamada desde Chicago. Se disculpó con una pequeña inclinación que nos fue incluyendo a cada uno por turno.

—Si quiere algo no tiene más que pedirlo, amigo —me instó—. Perdóneme. Después me reuniré con usted.

Cuando se marchó me volví inmediatamente a Jordan, obligado a asegurarle mi sorpresa. Yo había esperado que el señor Gatsby fuese una persona rubicunda y corpulenta de mediana edad.

—¿Pero quién es él? —pregunté—, ¿lo sabe usted?

—Es sólo un hombre llamado Gatsby.

—Quiero decir, ¿de dónde es?, ¿a qué se de dedica?

—Ahora está usted sobresaltado por el asunto —respondió con una sonrisa lánguida—. Bueno... Él me dijo una vez que era un hombre de Oxford.

Un tenue contexto sobre él empezó a adquirir forma, pero se disipó con su comentario siguiente.

—Pero yo no me lo creo.

—¿Por qué no?

—No lo sé —insistió—, pero no creo que fuese allá.

Había algo en su tono que me recordó el de la otra chica con su «creo que mató a un hombre», y tuvo el efecto de estimular mi curiosidad. Yo habría aceptado sin preguntar la información de que Gatsby había salido de los pantanos de Luisiana o del East Side inferior de Nueva York. Eso era comprensible; pero los hombres jóvenes no andaban sin rumbo —o al menos desde mi inexperiencia provinciana yo creía que no lo hacían— tranquilamente a la deriva desde la nada y se compraban un palacio en el Estrecho de Long Island.

—En cualquier caso da fiestas muy grandes —dijo Jordan, cambiando de tema con un cosmopolita desagrado por lo concreto—, y a mí me gustan las fiestas grandes. Son muy íntimas. En las fiestas pequeñas no hay intimidad.

Se oyó el estruendo profundo del bombo, y la voz del director de la orquesta corrió de repente sobre la ecolalia del jardín.

—Señoras y caballeros —gritó—, a petición del señor Gatsby vamos a interpretar para ustedes la última obra del señor Vladimir Tostoff, que tantos agasajos recibió el pasado mayo en el Carnegie Hall. Si leeen ustedes los periódicos ya sabrán que fue un gran éxito —sonrió con desdén y añadió:

—¡Y qué éxito! —con lo que se rio todo el mundo—. La obra es conocida —concluyó animadamente— como *La historia mundial en jazz* de Vladimir Tostoff.

La naturaleza de la composición del señor Tostoff se me escapó, porque justo al empezar mis ojos cayeron sobre Gatsby, que estaba solo sobre la escalera de mármol e iba contemplando a cada grupo con mirada de aprobación. Su piel bronceada estaba atractivamente tersa en su cara y su corto cabello parecía como si se lo cortasen a diario. No veía nada de siniestro en él. Me preguntaba si el que él no bebiera contribuía a situarlo aparte de sus invitados, pues me parecía que era cada vez más correcto a medida que crecía la fraternal hilaridad. Cuando *La historia mundial* terminó, las chicas reclinaban la cabeza sobre los hombros de los hombres de una manera agradable como de cachorritos, las chicas se dejaban caer hacia atrás desmayadas juguetonamente en brazos de los hombres, incluso en los grupos, sabiendo que alguien detendría su caída... Pero ninguna de ellas se dejó caer hacia atrás desmayada sobre Gatsby, y ningún peinado corto a la francesa tocó el hombro de Gatsby, y no se formó ningún cuarteto vocal con la participación de Gatsby como relación.

—Les ruego que me disculpen.

El mayordomo de Gatsby estaba de repente junto a nosotros.

—¿Señorita Baker? —preguntó—. Le ruego que me perdone, pero el señor Gatsby querría hablar con usted a solas.

—¿Conmigo? —exclamó sorprendida.

—Sí, señorita.

Se levantó despacio con las cejas levantadas hacia mí de asombro y siguió al mayordomo hacia la casa. Me di cuenta de que ella llevaba su vestido de noche, y todos sus vestidos, como si fuera ropa deportiva; había vistosidad en sus movimientos, como si hubiese aprendido a andar sobre campos de golf en mañanas frescas y claras.

Yo estaba solo y eran casi las dos. Durante algún rato habían brotado sonidos confusos e intrigantes de una larga estancia con muchas ventanas que sobresalía por encima de la terraza. Evitando al estudiante universitario de Jordan (que en ese momento estaba enzarzado en una conversación sobre obstetricia con dos chicas del coro y que me suplicó que me uniese a ellos) entré en la casa.

La gran sala estaba llena de gente. Una de las chicas de amarillo tocaba el piano y a su lado estaba una joven alta y pelirroja que pertenecía a un coro famoso, cantando absorta una canción. Había bebido una buena cantidad de champán y en el transcurso de su canción había decidido torpemente que todo era muy triste, con lo que no sólo cantaba, sino que también lloraba. Dondequiera que hubiese una pausa vocal en la canción, ella la llenaba de dificultosos sollozos entrecortados y luego retomaba otra vez la letra con voz de trémula soprano. Las lágrimas corrían por sus mejillas, pero no libremente, porque cuando entraban en contacto con sus muy cargadas pestañas adquirían un color de tinta, y proseguían el resto de su camino en lentos riachuelos negros. Se hizo una sugerencia humorística de que cantase las notas que aparecían en su cara, con lo que ella lanzó las manos para arriba, se hundió en una silla y cayó en un profundo sueño vinoso.

—Se ha peleado con un hombre que dice que es su marido —explicó una chica junto a mí.

Miré alrededor. La mayoría de las mujeres que quedaban se estaban peleando con hombres que se decía que eran sus maridos. Incluso el grupo de Jordan, el cuarteto del *East Egg,* se había separado por sus disensiones. Uno de los hombres hablaba con llamativa intensidad con una actriz joven, y su mujer, después de intentar reírse de la situación de una manera digna e indiferente, se rompió por entero y recurrió a ataques por los flancos, en los que ella aparecía a intervalos a su lado como un diamante airado y le siseaba «¡lo prometiste!» al oído.

La reticencia a ir a casa no se limitaba a los hombres obstinados. En aquel momento, el salón estaba ocupado por dos hombres lamentablemente sobrios y sus indignadísimas mujeres. Las mujeres se comprendían entre sí con voces ligeramente alzadas.

—Cuando ve que me lo estoy pasando bien, él quiere irse a casa.

—No he oído nada tan egoísta en mi vida.

—Nosotros siempre somos los primeros en marcharnos.

—Y nosotros también.

—Bueno, pues esta noche somos casi los últimos —dijo uno de los hombres tímidamente—, los de la orquesta se marcharon hace media hora.

A pesar del acuerdo entre las esposas de que tal malicia era absolutamente increíble, la disputa acabó en una corta lucha y a ambas mujeres las levantaron pateando y se las llevaron hacia la oscuridad.

Cuando esperaba en el vestíbulo que me trajeran el sombrero, se abrió la puerta de la biblioteca y Jordan Baker y Gatsby salieron juntos. Él le decía unas últimas palabras de despedida pero el afán que había en sus maneras se endureció abruptamente y se convirtió en formalidad cuando varias personas se le acercaron para decirle adiós.

El grupo de Jordan la llamaba con impaciencia desde el porche, pero ella se entretuvo un momento para darme la mano.

—Acabo de enterarme de algo muy asombroso —susurró—, ¿cuánto tiempo hemos estado ahí dentro?

—Vaya, pues una hora, más o menos.

—Ha sido... Sencillamente asombroso —repitió distraída—, pero he jurado no contarlo y aquí estoy, tentándolo a usted. Bostezó elegantemente ante mi cara.

—Por favor, venga a verme... Listín telefónico... Bajo el nombre de la señora Sigourney Howard... Es mi tía...

Se apresuraba a salir mientras hablaba, su tostada mano hizo un saludo desenfadado y se fundió con su grupo en la puerta.

Un poco abochornado porque en mi primera aparición me hubiese quedado hasta tan tarde, me uní a los últimos invitados de Gatsby, que se arremolinaban a su alrededor. Yo quería explicarle que lo había buscado a primera hora de la tarde y disculparme por no haberlo reconocido en el jardín.

—No se preocupe —me impuso vigorosamente—, no le dé más vueltas, amigo. —La expresión familiar no poseía más familiaridad que la mano que se me me apoyó en el hombro tranquilizadoramente—. Y no se olvide de que subiremos en el hidroplano mañana por la mañana a las nueve.

Y entonces dijo el mayordomo a su espalda:

—Filadelfia lo llama por teléfono, señor.

—Bien, un momento. Dígales que voy enseguida... Buenas noches.

—Buenas noches.

—Buenas noches —sonrió y de repente pareció que había un significado agradable en que yo hubiese estado entre los últimos en marcharse, como si él lo hubiese deseado todo el tiempo—. Buenas noches, amigo... Buenas noches.

Cuando bajaba las escaleras vi que la velada no se había terminado. A quince metros de la puerta una docena de faros de automóvil iluminaban una escena tumultuosa y extraña. En la cuneta de al lado de la carretera, con el costado derecho para arriba pero violentamente pelado de una rueda, descansaba un dos puertas nuevo que había salido del camino de entrada de Gatsby no hacía ni dos minutos. El agudo saliente de un murete era responsable del desprendimiento de la rueda, que ahora atraía muchísimo la atención de media docena de chóferes curiosos. Pero como habían dejado sus automóviles bloqueando la carretera, un penetrante estrépito discordante de los que había más atrás llevaba oyéndose un rato y se sumaba a la ya extrema confusión de la escena.

Un hombre vestido con un largo guardapolvo había salido del estropicio y ahora estaba en mitad de la carretera mirando del automóvil a la rueda, y de la rueda a los observadores, de una manera simpática y desconcertada.

—¡Miren! —explicó—. ¡Si se ha metido en la cuneta!

Aquello era infinitamente pasmoso para él —y primero reconocí la extraordinaria cualidad de su asombro y luego al hombre—, era el usuario aquel de la biblioteca de Gatsby.

—¿Pero qué ha pasado?

Se encogió de hombros.

—Yo no sé nada de mecánica en absoluto —dijo con decisión.

—Pero, ¿cómo ha ocurrido? ¿Se ha chocado contra el murete?

—A mí no me pregunte —dijo el ojos de búho, lavándose las manos de todo el asunto—; sé muy poco de llevar un automóvil, casi nada. Ha sucedido, y no sé nada más.

—Bueno, si no sabe usted nada de eso no debería intentar hacerlo de noche.

—¡Pero si yo no lo estaba intentando siquiera! —se explicó con indignación—, si no lo estaba intentando siquiera.

Un silencio de sorpresa cayó sobre los observadores.

—¿Es que quería suicidarse?

—¡Suerte ha tenido de que haya sido sólo una rueda! ¡Uno que no sabe y ni siquiera lo intenta!

—Ustedes no lo comprenden —explicó el criminal—, no iba yo al volante. Hay otro hombre en el automóvil.

El estupor que siguió a esta declaración halló su voz en el mantenido «aaahhh» cuando la puerta del dos puertas se abrió lentamente. La muchedumbre —ahora ya era una muchedumbre— se echó para atrás involuntariamente, y cuando la puerta se abrió del todo hubo una pausa fantasmal. Entonces, muy poco a poco, parte a parte, un individuo pálido y tambaleante salió del estropicio tanteando vacilantemene el suelo con un zapato de baile grande e indeciso.

Cegada por el brillo de los faros y confundida por la queja incesante de las bocinas, la aparición se quedó tambaleándose un momento antes de percibir al hombre del guardapolvo.

—¿Qué ocurre? —preguntó con calma—, ¿nos hemos quedado sin gasolina?

—¡Mire!

Media docena de dedos apuntaban a la rueda amputada; él la miró por un momento y luego miró hacia arriba como si sospechase que había caído del cielo.

—Se ha salido —explicó alguien.

Él asintió con la cabeza.

—Al principio no me di cuenta de que nos habíamos detenido.

Hubo una pausa. Después, respirando hondo y cuadrando los hombros comentó con voz decidida:

—Me pregunto si pueden decirme dónde hay una gasolinera.

Al menos una docena de hombres, algunos de ellos en no mucho mejor estado que él, le explicaron que el automóvil y la rueda ya no estaban unidos por vínculo físico alguno.

—Para atrás —sugirió un momento después—, pongámoslo marcha atrás.

—¡Pero si le falta una rueda!

Él dudó.

—No pasa nada por intentarlo —dijo.

El maullido de las bocinas había alcanzado un punto culminante, yo me di la vuelta y atajé por el césped hacia mi casa. Miré hacia atrás una vez. Una luna como una galleta brillaba sobre la casa de Gatsby, haciendo que la noche fuese tan buena como antes y sobreviviendo a las risas y los ruidos de su jardín, que todavía brillaba. Una vaciedad repentina parecía fluir entonces desde las ventanas y las grandes puertas, dotando de aislamiento completo a la figura del anfitrión de pie en el porche y con la mano levantada en un gesto formal de despedida.

Al leer lo que he escrito hasta ahora he dado la impresión de que los acontecimientos de tres noches, separadas por varias semanas, era todo cuanto me tenía absorto. Por el contrario, fueron acontecimientos fortuitos de un verano repleto, y hasta mucho tiempo después me absorbieron infinitamente menos que mis asuntos personales.

Trabajé la mayor parte del tiempo. A primera hora de la mañana, el sol arrojaba mi sombra hacia el Oeste mientras yo me apresuraba por los blancos desfiladeros de la parte baja de Nueva York hacia el Probity Trust. Conocía a los demás empleados y a los jóvenes vendedores de bonos por su nombre de pila y almorzaba con ellos en oscuros restaurantes atestados a base de salchichas de cerdo con puré de patatas y café. Hasta tuve un corto amorío con una chica que vivía en Jersey City y trabajaba en el departamento de Contabilidad, pero su hermano empezó a lanzar miradas torcidas en dirección a mí, de modo que cuando ella se fue de vacaciones en julio dejé que el asunto se echase a perder silenciosamente.

Por lo habitual yo cenaba en el Yale Club —lo que por alguna razón era el suceso más sombrío del día—, y luego subía a la biblioteca a estudiar concienzudamente inversiones y títulos financieros durante una hora. Por lo general había unos cuantos alborotadores por todas partes pero no entraban nunca en la biblioteca, así que resultaba un buen sitio para trabajar. Después de eso, si la noche era suave, me paseaba por Madison Avenue hasta más allá del hotel Murray Hill y me metía por la calle 33 hacia la estación de Pennsylvania.

Empezaba a gustarme Nueva York, la enérgica sensación de aventura que suscitaba por la noche y la satisfacción que el destello constante de hombres, mujeres y máquinas da al ojo inquieto. Me gustaba caminar por la Quinta Avenida, escoger mujeres románticas de entre la multitud e imaginarme que pocos minutos después yo iba a entrar en sus vidas, y nadie iba a saberlo ni a desaprobarlo. A veces las seguía con la imaginación hasta sus apartamentos en las esquinas de calles ocultas, y ellas se daban la vuelta y me sonreían antes de desaparecer por una puerta en una cálida oscuridad. En el hechizado crepúsculo a veces sentía una soledad agobiante, y la sentía en los demás —pobres empleados jóvenes que merodeaban frente a los escaparates esperando que fuese la hora de una cena solitaria en un restaurante— empleados jóvenes en el anochecer, que desperdiciaban los momentos más conmovedores de la noche y de la vida.

Otra vez a las ocho en punto, cuando los cinco oscuros carriles de las calles cuarenta se llenaban de vibrantes taxis con destino a la zona de los teatros, sentí que se me hundía el corazón. Las formas de las gentes se inclinaban juntándose en los taxis mientras esperaban en su marcha, y voces cantaban, y había risas de chistes no oídos, y cigarrillos encendidos subrayaban los gestos ininteligibles de dentro. Imaginaba que yo también me apresuraba hacia la alegría y que compartía su íntimo entusiasmo, y les deseé lo mejor.

Durante cierto tiempo perdí de vista a Jordan Baker, y luego volví a encontrármela otra vez a mitad del verano. Al principio me sentía halagado cuando iba a sitios con ella porque era una campeona de golf y todo el mundo la conocía por su nombre. Luego hubo algo más. Yo no estaba enamorado, en realidad, pero sentía una especie de curiosidad tierna. La cara arrogante y aburrida que presentaba al mundo ocultaba algo —la mayoría de las faltas de naturalidad ocultan algo al final, aunque no lo hagan al principio—, y un día averigüé lo que era: cuando estuvimos en una fiesta en una casa de Warwick, ella se dejó un automóvil prestado con la capota bajada bajo la lluvia y luego mintió respecto a ello; y entonces recordé de repente lo que se decía acerca de ella que se me había escapado aquella noche en casa de Daisy. En su primer campeonato de golf se dio una discusión que casi llegó a los periódicos: una insinuación de que ella había movido una bola que le había caído en mal sitio en la ronda de semifinales. La cosa llegó a proporciones de escándalo, y luego se difuminó. Un caddie se desdijo de sus afirmaciones y el otro y único testigo admitió que podía estar equivocado. El incidente y el nombre de ella habían permanecido unidos en mi cabeza.

Jordan Baker evitaba instintivamente a los hombres inteligentes y sagaces, y entonces vi que eso era debido a que se sentía más segura en un plano en el que cualquier divergencia de una normativa se habría creído algo imposible. Era una mentirosa incurable. No podía soportar el estar en desventaja y, dada esa negativa, supongo que había empezado a hacerse con subterfugios cuando era muy joven a fin de mantener esa insolente y fría mirada que mostraba al mundo y aun así satisfacer las exigencias de su cuerpo firme y airoso.

A mí me daba igual. La mentira en la mujer es algo que uno no culpa mucho nunca. Yo lo lamentaba con indiferencia, y luego lo olvidaba. Fue en esa misma fiesta doméstica en la que tuvimos una conversación extraña sobre llevar un automóvil. Empezó porque ella pasó tan cerca de unos trabajadores que nuestro guardabarros arrancó un botón de la chaqueta de uno de ellos.

—Eres malísima —protesté—, o tienes más cuidado, o no deberías ponerte al volante en absoluto.

—Soy cuidadosa.

—No, no lo eres.

—Bueno, los demás lo son —dijo con ligereza.

—¿Y eso qué tiene que ver?

—Se mantendrán alejados de mi camino —insistió—, hacen falta dos para que se tenga un accidente.

—Supón que te encuentras a alguien tan descuidado como tú.

—Espero que eso no ocurra nunca —respondió—, detesto a la gente descuidada. Por eso me gustas tú.

Sus grises ojos, irritados por el sol, miraban directamente hacia adelante, pero ella había cambiado deliberadamente nuestra relación y por un momento creí que la amaba. Pero soy de pensamiento lento y estoy lleno de normas interiores que funcionan como frenos sobre mis deseos, y sabía que primero tenía que liberarme definitivamente de aquel embrollo que tenía en mi casa. Había estado escribiendo cartas una vez por semana y las firmaba: «con cariño, Nick», y todo lo que pensaba era en que cuando cierta chica jugaba al tenis se le formaba un leve bigote de transpiración en su labio superior. No obstante, existía cierto compromiso que debía romperse discretamente antes de que yo pudiera ser libre.

Todo el mundo supone que tiene al menos una de las virtudes cardinales, y esta es la mía: soy una de las pocas personas sinceras que he conocido jamás.

CAPÍTULO 4

El domingo por la mañana, mientras las campanas de las iglesias repicaban en los pueblos de la costa, el mundo y su amante regresaron a la casa de Gatsby y titilaron con mucha gracia sobre su césped.

—Es un contrabandista de alcohol —dijeron las jóvenes, que se movían a algún lugar entre sus cócteles y sus flores.

—Una vez mató a un hombre que había averiguado que él era sobrino de Von Hindenburg y primo segundo del diablo. Alcánzame una rosa, cariño, y ponme una última gota en esta copa de cristal de aquí.

Cierta vez apunté en los huecos de un horario de trenes los nombres de quienes fueron a casa de Gatsby aquel verano. Tiene por cabecera *este calendario estará en efecto a partir del 5 de julio de 1922* y ahora es un horario viejo que se desmenuza en los dobleces; pero todavía puedo leer los nombres grises, y ellos te darían una impresión mejor que mis generalizaciones sobre aquellos que aceptaban la hospitalidad de Gatsby y le otorgaban el tributo sutil de no saber de él nada en absoluto.

Desde el *East Egg,* entonces, llegaron los Chester Becker, y los Leech, y un hombre llamado Bunsen a quien conocí en Yale, y el doctor Webster Civet, que se ahogó el verano pasado en Maine. Y los Hornbeam, y los Willie Voltaire, y todo el clan de los llamados Blackbuck, que se juntaban siempre en un rincón y levantaban sus narices como cabras a cualquiera que se acercase. Y los Ismay, y los Chrystie (o más bien Hubert Auerbach y la esposa del señor Chrystie), y Edgar Beaver, cuyo cabello dicen que se le volvió blanco como el algodón sin motivo alguno una tarde de invierno.

Según recuerdo, Clarence Endive era del *East Egg.* Vino sólo una vez, en bombachos blancos, y tuvo una pelea en el jardín con un zángano llamado Etty. Desde lugares más lejanos de la isla llegaron los Cheadle y los O. R. P. Schraeder, y el Stonewall Jackson Abrams, de Georgia, y los Fishguard y los Ripley Snell. Snell estuvo en la casa tres días antes de ir a la cárcel, tan borracho en el camino de gravilla que el automóvil de la señora de Ulises Swett le pasó por encima de la mano derecha. Los Dancie también vinieron, y S. B. Whitebait, que pasaba mucho de los sesenta, y Maurice A. Flink, y los Hammerhead y los Beluga, el importador de tabaco, y las chicas de Beluga.

De *West Egg* llegaron los Pole, y los Mulready, y Cecil Roebuck, y Cecil Schoen, y Gulick, el senador estatal, y Newton Orchid, que controlaba *Films par Excellence,* y Eckhaust, y Clyde Cohen, y Don S. Schwartze (el hijo), y Arthur McCarty, todos ellos relacionados con el cine de una manera u otra. Y los Catlip, y los Bemberg, y G. Earl Muldoon, hermano de aquel Muldoon que después estranguló a su esposa.

Da Fontano, el promotor, fue allá, y Ed Legros, y James B. («matarratas») Ferret, y los De Jong, y Ernest Lilly; todos vinieron a jugar apostando, y cuando Ferret deambulaba por el jardín quería decir que lo habían limpiado y que la Associated Traction tendría que fluctuar con beneficios al día siguiente.

Un hombre llamado Klipspringer estaba allí tan a menudo y se quedaba tanto tiempo que llegó a ser conocido como «el huésped», dudo que tuviera ningún otro nombre. De la gente del teatro estaban Gus Waize, y Horace O'Donavan, y Lester Meyer, y George Duckweed, y Francis Bull. También desde Nueva York estaban los Chrome, y los Backhysson, y los Dennycker, y Russel Betty, y los Corrigan, y los Kelleher, y los Dewar, y los Scully, y S. W. Belcher, y los Smirke, y los jóvenes Quinn, ya divorciados, y Henry L. Palmetto, que se suicidó saltando ante un tren del metro en Times Square.

Benny McClenehan llegaba siempre con cuatro chicas. Nunca eran completamente las mismas en sus personas físicas, pero eran tan idénticas las unas a las otras que inevitablemente parecía que ya habían estado allí antes. He olvidado sus nombres... Jacqueline, creo, o quizá Consuelo, o Gloria, o Judy, o June; y sus apellidos eran o bien los melodiosos nombres de flores o meses, o bien los más adustos de grandes capitalistas norteamericanos, de quienes, si se les presionaba, confesarían que eran primas.

Además de todos estos, recuerdo que Faustina O'Brien fue allá al menos una vez, y las chicas de Baedecker; y el joven Brewer, a quien le habían arrancado la nariz de un tiro en la guerra; y el señor Albrucksburger y la señorita Haag, su prometida; y Ardita Fritz-Peters; y el señor P. Jewett, que una vez fuera presidente de la Legión Americana; y la señorita Claudia Hip con un hombre que supuestamente era su chófer; y un príncipe de algo a quien llamábamos Duque y cuyo nombre, si lo supe alguna vez, he olvidado.

Todas esas personas fueron a casa de Gatsby durante el verano.

Una mañana entrado julio, a las nueve, el espléndido automóvil de Gastby fue dando tumbos al subir por el camino pedregoso hasta mi puerta y lanzó una melódica ráfaga desde su bocina de tres notas. Era la primera vez que me visitaba, aunque yo había acudido a dos de sus fiestas, había montado en su hidroplano y, bajo su apremiante invitación, había utilizado frecuentemente su playa.

—Buenos días, amigo. Tu almuerzo de hoy será conmigo y he pensado que podríamos ir juntos.

Se balanceaba de pie en el estribo por encima del tablero de instrumentos de su automóvil con esa habilidad de movimientos que es tan característicamente norteamericana, y que supongo que proviene de la falta en la juventud de levantar pesos o de estar sentado rígidamente, y todavía más con la gracia amorfa de nuestros juegos deportivos, nerviosos y esporádicos. Esa cualidad se manifestaba continuamente a través de sus modales puntillosos en forma de inquietud física. No estaba nunca completamente quieto, siempre había un pie golpeteando en algo o el impaciente abrir y cerrar de la mano.

Me vio mirar su automóvil con admiración.

—Es bonito, ¿verdad, amigo? —saltó del automóvil para darme mejor vista—, ¿no lo había visto todavía?

Yo lo había visto; todo el mundo lo había visto. Era de un color crema intenso, brillante de cromados, hinchado aquí y allá en toda su monstruosa longitud por triunfantes cajas de sombreros, y cajas de refrigerios, y más cajas de herramientas; y con un laberinto de hileras de parabrisas que reflejaban una docena de soles. Sentados tras muchas capas de cristal en una especie de invernadero de cuero verde, nos pusimos en marcha hacia la ciudad.

Yo había hablado con él quizá media docena de veces durante el mes pasado y vi, para mi desilusión, que Gatsby tenía poco que decir. De manera que mi primera impresión, de que él era una persona de alguna importancia aún indefinida, que se había ido borrando poco a poco, y que se había convertido en simplemente el propietario de un complejo restaurante de carretera junto a mi casa.

Y entonces llegó ese desconcertante viaje. No habíamos llegado al pueglo de *West Egg* antes de que Gatsby empezase a dejar sus elegantes frases sin terminar y se diese golpecitos indecisos en la rodilla de su traje color caramelo.

—Oye, mira, amigo —estalló de repente—, de todas formas, ¿qué opinión tienes de mí?

Un poco agobiado, empecé con las típicas evasivas que merece una pregunta así.

—Bueno, voy a contarte algo perteneciente a mi vida —me interrumpió—, no quiero que te hagas una idea equivocada de mí con todas esas historias que oyes.

Así que estaba al tanto de las extrañas acusaciones que condimentaban las conversaciones que había en sus salas y pasillos.

—Voy a decirte la auténtica verdad —su mano derecha ordenó súbitamente que el castigo divino estuviese preparado—. Soy hijo de una familia rica del Medio-Oeste, hoy todos están muertos. Fui criado en América, pero me eduqué en Oxford porque durante muchos años todos mis antepasados se educaron allá. Es una tradición familiar.

Me miró de reojo, y supe por qué creía Jordan Baker que él mentía. Se apresuró al decir «educado en Oxford», o tenía que tragar saliva al decirlo, o se le atragantaba como si le hubiese molestado antes. Y con su duda, su declaración se hacía pedazos por entero, y yo me preguntaba si no habría algo un poco siniestro en él a fin de cuentas.

—¿Qué parte del Medio-Oeste? —pregunté despreocupadamente.

—San Francisco.

—Ah.

—Todos los miembros de mi familia murieron y yo entré en posesión de un buen montón de dinero.

Su voz era solemne, como si el recuerdo de aquella repentina extinción de todo un clan aún lo persiguiera. Por un momento sospeché que me estaba tomando el pelo, pero lo miré y me convenció de lo contrario.

—Después de eso viví como un rajá en todas las capitales de Europa —París, Venecia, Roma—, coleccioné joyas, principalmente rubíes, me dediqué a la caza mayor, pinté un poco, cosas sólo para mí, e intenté olvidar algo muy triste que me sucedió hace mucho tiempo.

Con esfuerzo conseguí refrenar mi risa de incredulidad. Las frases mismas estaban tan gastadas que eran todo hilachas y no suscitaban imagen alguna, excepto la de un «personaje» con turbante que goteaba serrín por cada poro mientras perseguía a un tigre por el Bosque de Bolonia.

—Entonces llegó la guerra, amigo. Fue un gran descanso e intenté con mucha fuerza morir, pero parece que mi vida estaba encantada. Al empezar acepté el nombramiento de primer teniente. En el bosque de Argone llevé tan lejos hacia adelante a mi destacamento de ametralladoras, que había un hueco de tres cuartos de kilómetro a cada flanco nuestro donde la infantería no podía avanzar. Nos quedamos allí dos días y dos noches, ciento treinta hombres con dieciséis ametralladoras Lewis, y cuando al final llegaron los de infantería encontraron las insignias de tres divisiones alemanas entre las pilas de muertos. Me ascendieron a comandante y cada uno de los gobiernos aliados me dio una condecoración... ¡Hasta Montenegro, el pequeño Montenegro del mar Adriático!

¡El pequeño Montenegro! Había resaltado las palabras y asentido ante ellas... Con la sonrisa. La sonrisa abarcaba la turbulenta historia de Montenegro y se solidarizaba con las valientes luchas de los montenegrinos. Valoraba por completo la cadena de circunstancias nacionales que habían provocado este homenaje desde el pequeño y cálido corazón de Montenegro. Por entonces mi incredulidad se había sumergido en la fascinación, era como echar un vistazo apresurado por doce revistas a la vez.

Se metió la mano en el bolsillo y una pieza de metal colgada de una cinta me cayó en la palma.

—Esta es la de Montenegro.

Para mi asombro, aquella cosa tenía aspecto de auténtica.

—*Orderi di Danilo* —decía la leyenda circular—, Montenegro, *Nicolas Rex*.

—Dale la vuelta.

—*Major Jay Gatsby* —leí—, *For Valour Extraordinary*[4].

---

[4] *Al comandante Jay Gatsby por su extraordinario valor. (N. del T.)*

—Esto es otra cosa que siempre llevo encima. Un recuerdo de mis tiempos de Oxford. La hicieron en el patio del Trinity, el hombre a mi izquierda es ahora el conde de Dorcaster.

Era una fotografía de media docena de jóvenes con chaquetas universitarias distintivas holgazaneando bajo una arcada a través de la que era visible una multitud de chapiteles. Allí estaba Gatsby, que parecía más joven, aunque no mucho, con un bate de cricket en la mano.

Entonces, todo era cierto. Vi las pieles de los tigres resplandeciendo en su palacio sobre el Gran Canal; lo vi abrir un cofre de rubíes para confortar con sus profundidades de luz carmesí el tormento de su corazón roto.

—Hoy voy a pedirte algo muy grande —dijo metiéndose sus recuerdos en el bolsillo con satisfacción—, así que pensé que debías saber algo de mí. No quería que pensases que yo era un donnadie. Ya ves, normalmente me encuentro entre extraños porque voy de acá para allá intentando olvidar aquella cosa triste que me ocurrió —dudó—, lo sabrás esta tarde.

—¿En el almuerzo?

—No, esta tarde. Me he enterado por casualidad que vas a ir con la señorita Baker a tomar té.

—¿Quieres decir que estás enamorado de la señorita Baker?

—No, amigo, no lo estoy; pero la señorita Baker ha consentido amablemente en hablar contigo sobre este asunto.

Yo no tenía ni la más remota idea de qué sería «este asunto», pero estaba más molesto que interesado. Yo no le había pedido a la señorita Baker ir a tomar el té para hablar del señor Jay Gatsby. Estaba seguro de que su petición iba a ser algo totalmente fantástico y por un momento lamenté haber puesto el pie alguna vez en su superpoblado césped.

No dijo ni una palabra más. Su corrección fue haciéndose mayor en él a medida que nos acercábamos a la ciudad. Pasamos Port Roosevelt, donde pude vislumbrar sus transatlánticos rodeados de una franja roja, y aceleramos por un barrio bajo adoquinado con hileras de oscuras tabernas no deshabitadas de los perdidos y dorados años mil novecientos. Entonces se abrió a ambos lados el valle de las cenizas, y tuve un vislumbre de la señora Wilson esforzándose en la bomba del taller mecánico con jadeante vitalidad según pasamos.

Con guardabarros abiertos como alas repartimos luz por media Astoria, sólo media, porque al retorcernos entre las columnas del tren elevado oí el conocido ruido petardeante de una motocicleta y vi que un policía frenético iba a nuestro lado.

—Bien, sin problemas, amigo —dijo Gatsby.

Redujimos la marcha y frenamos. Sacó una tarjeta blanca de su cartera y la ondeó ante los ojos del patrullero.

—Está todo en orden —admitió el policía llevándose la mano a la gorra—. Lo reconoceré a usted la próxima vez, señor Gatsby. Y discúlpeme.

—¿Qué era eso? —pregunté—, ¿la foto de Oxford?

—Una vez pude hacerle un favor al jefe de la Policía y él me manda una tarjeta de Navidad todos los años.

Sobre el gran puente, con la luz del sol que pasaba entre las vigas y parpadeaba constantemente sobre los vehículos en movimiento, con la ciudad elevándose al otro lado del río en blancas pilas y terrones de azúcar, edificados todos ellos con un deseo salido del dinero sin olor. La ciudad vista desde el puente de Queensboro es siempre la ciudad vista por primera vez, en su primera promesa loca de todo el misterio y la belleza del mundo.

Un muerto nos adelantó en una carroza fúnebre repleta de flores, seguida de dos carruajes con las cortinillas echadas y por otros carruajes más alegres para los amigos. Los amigos nos miraron con los ojos trágicos y los cortos labios superiores de los naturales del sureste de Europa, y me alegré de que el espléndido automóvil de Gatsby estuviese incluido en su sombría celebración. Cuando cruzábamos Blackwell's Island nos adelantó una limusina, cuyo chófer era blanco, en la que había tres negros a la moda, dos jóvenes y una chica. Me reí muy alto cuando lo blanco de sus ojos se giró hacia nosotros con altanera rivalidad.

Ahora que ya hemos pasado este puente puede ocurrir cualquier cosa —pensé—, absolutamente cualquier cosa...

Hasta Gatsby podría ocurrir, sin ninguna sorpresa en especial.

Ardiente mediodía. En una bodega bien ventilada de la calle 42 me reuní con Gatsby para almorzar. Parpadeé para quitarme el brillo exterior de la calle y mis ojos lo entrevieron en la antesala, hablando con otro hombre.

—Señor Carraway, le presento a mi amigo el señor Wolfshiem.

Un judío menudo de nariz chata levantó su gran cabeza y me miró con dos buenos mechones de pelo que crecían abundantemente en sus orificios nasales. Tras un rato descubrí sus ojos diminutos en la semioscuridad.

—... Así que le eché una mirada —dijo el señor Wolfshiem estrechándome la mano con fuerza—, ¿y qué cree usted que hice?

—¿Qué hizo? —pregunté educadamente.

Pero evidentemente no se dirigía a mí, pues soltó mi mano y señaló a Gatsby con su expresiva nariz.

—Le di el dinero a Katspaugh y dije, «conforme, Katspaugh, no le pagues ni un céntimo hasta que cierre la boca», y la cerró ahí mismo inmediatamente.

Gatsby nos agarró por el brazo a los dos y se dirigió al restaurante, con lo que el señor Wolfshiem se tragó la frase nueva que estaba empezando a decir y se deslizó en una abstracción sonámbula.

—¿Wiski con soda? —preguntó el jefe de los camareros.

—Este de aquí es un buen restaurante —dijo el señor Wolfshiem mirando a las ninfas presbiterianas del techo—, ¡pero me gusta más el del otro lado de la calle!

—Sí, wiski con soda —accedió Gatsby, y luego le dijo al señor Wolfshiem—: Allí hace demasiado calor.

—Es pequeño y caluroso... Sí —dijo el señor Wolfshiem—, pero está lleno de recuerdos.

—¿Qué lugar es ese? —pregunté.

—El viejo Metropole.

—El viejo Metropole —le dio vueltas tristemente el señor Wolfshiem—. Lleno de rostros muertos y desaparecidos; lleno de amigos que ahora se han ido para siempre. Mientras viva no olvidaré la noche en que dispararon a Rosy Rosenthal allí. Nosotros éramos seis a la mesa y Rosy había comido y bebido mucho toda la tarde. Cuando era casi de día, el camarero se acerca a él con un aspecto extraño y le dice que alguien quería hablar con él fuera del establecimiento. «Muy bien», dice Rosy, y empezó a levantarse, y yo lo empujé de nuevo a su silla.

—Que esos cabrones vengan aquí si quieren algo de ti, Rosy, pero no salgas de esta sala, así que ayúdame. Por entonces ya eran las cuatro de la madrugada, y si hubiésemos levantado las persianas habríamos visto la luz del día.

—¿Salió? —pregunté inocentemente.

—Claro que salió —la nariz del señor Wolfshiem destelló hacia mí, indignada—, en la puerta se giró y dijo: «¡no dejéis que el camarero se lleve mi café!», luego salió a la acera y lo dispararon tres veces en su barriga llena y se marcharon.

—A cuatro de ellos los electrocutaron —dije, haciendo memoria.

—Cinco si contamos a Becker —sus orificios nasales se giraron hacia mí de modo interesado—. Entiendo que usted busca una *gonecsión* para sus negocios.

La yuxtaposición de aquellas dos observaciones era sorprendente. Gatsby respondió por mí:

—¡No, no! —exclamó—, ¡este no es el hombre!

—¿No lo es? —el señor Wolfshiem parecía decepcionado.

Él es sólo un amigo. Le dije a usted que hablaríamos de eso en alguna otra ocasión.

—Le ruego que me perdone —dijo el señor Wolfshiem—, me he equivocado de hombre.

Llegó un suculento asado, y el señor Wolfshiem, olvidado de la atmósfera más sentimental del viejo Metropole, empezó a comer con feroz delicadeza. Mientras tanto, sus ojos recorrieron muy despacio alrededor de toda la sala —completó el círculo dándose la vuelta para inspeccionar a la gente que había directamente tras él—, y creo que de no ser por mi presencia habría echado una mirada corta bajo nuestra propia mesa.

—Oye, mira, amigo —dijo Gatsby inclinándose hacia mí—, me temo que te he hecho enfadar un poco esta mañana en el automóvil.

Ahí estaba de nuevo aquella sonrisa, pero esta vez me resistí contra ella.

—No me gustan los enigmas —respondí—, y no comprendo por qué no hablas francamente y me dices qué es lo que quieres. ¿Por qué tiene que pasar todo a través de la señorita Baker?

—Oh, no hay nada turbio —me aseguró—; la señorita Baker es una gran deportista, ya sabes, y ella no haría nunca nada que no estuviese bien.

De repente miró su reloj, se puso en pie de un salto y se apresuró a salir de la sala, dejándome en la mesa con el señor Wolfshiem.

—Tiene que hacer una llamada telefónica —dijo el señor Wolfshiem mientras lo seguía con los ojos—. Estupendo individuo, ¿verdad?, atractivo de mirar y un perfecto caballero.

—Sí.

—Es un hombre de *Oggsford.*

—¡Oh!

—Fue a la Universidad de *Oggsford* de Inglaterra. ¿Conoce usted la Universidad de *Oggsford?*

—Algo he oído.

—Es una de las universidades más famosas del mundo.

—¿Conoce usted a Gatsby desde hace mucho tiempo?

—Varios años —respondió de modo satisfecho—, tuve el placer de conocerlo justo acabada la guerra. Pero supe que había descubierto a un hombre de buena crianza al hablar una hora con él. Me dije: «este es el tipo de hombre que a uno le gustaría llevar a casa para presentárselo a la madre y a la hermana» —hizo una pausa—. Veo que está mirando los botones del puño de mi camisa.

Yo no estaba mirándolos, pero lo hice en ese momento. Estaban hechos de piezas de marfil extrañamente familiares.

—Las mejores muestras de molares humanos —me informó.

—¡Qué bien! —los inspeccioné—, es una idea muy interesante.

—Sí —le dio la vuelta para arriba a las mangas bajo su chaqueta—. Sí, Gatsby es muy cuidadoso con las mujeres, ni siquiera miraría nunca a la mujer de un amigo.

Cuando el sujeto de esta confianza instintiva regresó a la mesa y se sentó, el señor Wolfshiem se tomó el café de un trago y se puso en pie.

—He disfrutado del almuerzo —dijo— y me voy corriendo de ustedes dos, jóvenes, antes de que sobrepase su buena acogida.

—No tenga prisa, Meyer —dijo Gatsby sin entusiasmo. El señor Wolfshiem levantó la mano en una especie de bendición.

—Usted es muy cortés, pero yo pertenezco a otra generación —anunció solemnemente—, quédense sentados aquí y hablen de deportes y de jovencitas y de... —suministró un sustantivo imaginario con otra ondulación de su mano—. En cuanto a mí, tengo cincuenta años y no voy a abusar más de ustedes.

Mientras estrechaba manos y se giraba para marcharse, su trágica nariz temblaba. Me preguntaba si es que yo había dicho algo que lo ofendió.

—A veces se pone muy sentimental —explicó Gatsby—. Este es uno de sus días sentimentales. Es todo un personaje en Nueva York... Un residente en Broadway.

—Pero, ¿quién es él de todos modos, es actor?

—No.

—¿Dentista?

—¿Meyer Wolfshiem? No, es apostador —Gatsby vaciló, y luego añadió fríamente—; es el hombre que amañó el campeonato mundial de béisbol allá en 1919.

—¿Que amañó el campeonato mundial? —repetí.

La idea me dejó estupefacto. Claro que recordaba que el campeonato mundial fue amañado en 1919, pero si hubiese pensado en ello en lo más mínimo, habría pensado en ello como algo que simplemente sucedió, como el extremo de una cadena inevitable. No se me ocurrió jamás que un sólo hombre pudiese empezar a jugar con la fe de cincuenta millones de personas... Con la resolución de un ladrón que revienta una caja fuerte.

—¿Cómo ocurrió que hiciera eso? —pregunté al rato.

—Simplemente, vio la oportunidad.

—¿Y por qué no está en la cárcel?

—Porque no pueden atraparlo, amigo; es un hombre muy astuto.

Insistí en pagar la cuenta. Cuando el camarero me trajo la vuelta vi a Tom Buchanan al otro lado de la sala abarrotada.

—Venga conmigo un momento —dije—, tengo que saludar a alguien.

Cuando Tom nos vio se puso en pie de un salto y caminó unos pasos en dirección a nosotros.

—¿Dónde estabas? —preguntó con impaciencia—. Daisy está furiosa porque no has llamado.

—Le presento al señor Gatsby, señor Buchanan.

Se dieron brevemente la mano y una tenso aspecto desconocido de bochorno apareció en la cara de Gatsby.

—¿Qué tal has estado, de todas formas? —me preguntó Tom—. ¿Cómo es que vienes hasta tan lejos para comer?

—He almorzado con el señor Gatsby.

Me volví hacia el señor Gatsby, pero ya no estaba allí.

—Un día de octubre de mil novecientos diecisiete... (dijo Jordan Baker aquella tarde, sentada muy derecha en una silla recta en el jardín del té del hotel Plaza)... Yo caminaba de un lugar hacia otro, a medias sobre la acera, a medias sobre los céspedes. Estaba más contenta sobre los céspedes porque llevaba puestos unos zapatos ingleses que tenían tacos de goma en las suelas que se hundían en los suelos blandos. Además, llevaba puesta una falda escocesa nueva que se levantaba un poco con el viento, y cuando pasaba eso las banderas rojas, blancas y azules que había frente a todas las casas se ponían tensas y decían *tut-tut-tut-tut-tut* en tono de desaprobación.

—La bandera más grande y el más grande de los céspedes pertenecían a la casa de Daisy Fay. Ella tenía dieciocho años, dos más que yo, y era con mucho la más popular de todas las jóvenes de Louisville. Se vestía de blanco, y tenía un pequeño biplaza descapotable blanco, y el teléfono sonaba en su casa todo el día, y los alborotados oficiales jóvenes de Camp Taylor solicitaban el privilegio de monopolizarla esa noche, «¡aunque sea sólo una hora!».

Cuando llegué frente a su casa aquella mañana su biplaza blanco estaba junto al bordillo, y ella estaba sentada dentro con un teniente que yo no había visto nunca. Estaban tan ensimismados el uno con el otro que ella no me vio hasta que estuve a un par de metros.

—¡Hola, Jordan! —me llamó sin esperarlo—, ven aquí, por favor.

Me halagó que quisiese hablar conmigo, porque de todas las chicas mayores ella era a la que yo más admiraba. Me preguntó si iba a ir a la Cruz Roja a hacer vendajes. Yo iba a ir. Bueno, entonces, ¿querría decirles que ella no podría acudir ese día? Mientras ella hablaba, el oficial la miraba de la manera que toda joven quiere que la miren alguna vez, y como me pareció romántico he recordado siempre el incidente desde entonces. Se llamaba Jay Gatsby y no volví a ponerle los ojos encima durante cuatro años; incluso después de encontrármelo en Long Island no me di cuenta de que era el mismo hombre.

Aquello fue en mil novecientos diecisiete. Al año siguiente yo también tenía unos cuantos pretendientes y había empezado a jugar en campeonatos, de modo que no vi a Daisy muy a menudo. Ella iba con un grupo ligeramente mayor, si es que iba con alguien. Circulaban locos rumores sobre ella, como que su madre la había pillado haciendo la maleta una noche de invierno para ir a Nueva York a despedirse de un soldado que se iba al extranjero. Se le impidió eficazmente, pero dejó de hablar con su familia durante varias semanas. Después de eso ya no tonteó más con soldados, sólo con unos cuantos jóvenes miopes y de pies planos de la ciudad que de ninguna manera podían estar en el ejército.

Para el otoño siguiente estaba alegre otra vez, más alegre que nunca. Hizo su presentación en sociedad después del Armisticio, y en febrero estaba comprometida supuestamente con un hombre de Nueva Orleans. En junio se casó con Tom Buchanan, de Chicago, con más pompa y circunstancia que la que Louisville había conocido jamás. Él vino con cien personas en cuatro vagones de tren privados y alquiló una planta entera del hotel Seelbach, y el día antes de la boda le dio a ella un collar de perlas valorado en trescientos cincuenta mil dólares.

Fui su dama de honor. Entré en la habitación de ella media hora antes de la cena de novios del día anterior y la encontré tumbada en la cama, tan encantadora como las noches de junio con su vestido floreado... Y más borracha que un marinero. Tenía una botella de vino de Sauternes en una mano y una carta en la otra.

—Felicí... felicítame —murmuró—, yo no había bebido nunca pero, ¡cómo lo estoy disfrutando!

—¿Qué pasa, Daisy?

(Puedo decirte que yo estaba asustada, no había visto nunca a una chica en esas condiciones.)

—Toma, queridita —escarbó en la papelera que tenía con ella sobre la cama y sacó el collar de perlas—. Llévalas abajo y devuélveselas a quien le pertenezcan. Diles a todos que Daisy ha com... Cambiado de idea. Tú di: «Daisy ha cambiado de idea»

Empezó a llorar... Lloraba y lloraba. Salí de la habitación corriendo y me encontré con la sirviente de su madre, y cerramos la puerta con llave y la metimos en la bañera con agua fría. No dejó de sujetar la carta, se la llevó a la bañera con ella y la apretó hasta convertirla en una bola mojada; sólo me permitió ponerla en la jabonera cuando vio que se estaba deshaciendo en pedacitos como si fuera nieve.

Pero ya no dijo ni una palabra más. Le dimos a oler amoníaco, le pusimos hielo en la frente y la embutimos otra vez en el vestido;

y media hora después salíamos de la habitación y las perlas estaban en torno a su cuello, el incidente había terminado. Al día siguiente, a las cinco en punto, se casó con Tom Buchanan sin apenas un estremecimiento y salió en un viaje de tres meses con él por los Mares del Sur.

Los vi en Santa Bárbara, cuando regresaron, y creo que no he visto nunca a una chica tan loca por su marido. Si él salía del lugar un momento, ella se ponía a mirar alrededor ansiosamente y decía «¿dónde ha ido Tom?», y ponía la expresión más absorta hasta que lo veía entrar por la puerta. Solía sentarse en la arena de la playa con la cabeza de él en el regazo durante horas, acariciándole los ojos con los dedos y mirándolo con inmenso deleite. Resultaba conmovedor verlos juntos, le hacía reír a uno de una manera silenciosa y fascinada. Eso fue en agosto. Una semana después de salir yo de Santa Bárbara, Tom chocó con una ranchera una noche en la carretera de Ventura y arrancó una rueda delantera de su automóvil. La chica que estaba con él salió también en los periódicos porque se había roto un brazo; era una de las camareras del hotel Santa Bárbara.

En abril del siguiente año Daisy tuvo una niña y se fueron a Francia un año entero. Los vi una primavera en Cannes, y luego en Deauville, y después volvieron a Chicago para instalarse allá. Daisy era muy conocida en Chicago, como sabe. Se movían con gente libertina, todos ellos jóvenes, ricos y alocados, pero ella salió de allí con una reputación absolutamente perfecta. Quizá es porque no bebe. Es una gran ventaja no beber entre grandes bebedores; puedes sujetar la lengua y, además, puedes programar alguna pequeña irregularidad propia, ahora que la gente está tan ciega que no ve o no le importa. Quizá es que Daisy no se metió para nada en amoríos, y aun así hay algo en esa voz suya...

Pues bien, seis semanas antes ella oyó el nombre de Gatsby por primera vez en muchos años. Fue cuando le pregunté, ¿se acuerda?, si conocía a Gatsby del *West Egg*. Cuando se fue a casa ella vino a mi habitación, me despertó y dijo «¿qué Gatsby?». Cuando se lo describí —yo estaba medio dormida— ella dijo con voz muy extraña que debía ser el hombre que ella conocía. Hasta entonces yo no había relacionado a este Gatsby con el oficial que había con ella en su automóvil blanco.

Cuando Jordan Baker hubo terminado de decir todo esto nos habíamos marchado del Plaza hacía media hora y estábamos circulando en un Victoria por Central Park. El sol había bajado detrás de los altos apartamentos de las estrellas de cine en las calles cincuenta oeste, y voces claras de chicas, ya reunidas sobre la hierba como grillos, se elevaban a través del cálido anochecer:

> El jeque de Arabia soy
> y tu amor me pertenece.
> Cuando de noche te adormeces
> reptando a tu tienda voy...

—Fue una extraña coincidencia —dije.

—Pero no fue una coincidencia en absoluto.

—¿Por qué no?

—Gatsby se compró esa casa de manera que Daisy estuviese justo al otro lado de la bahía.

Entonces no habían sido solamente las estrellas a lo que se esforzaba por alcanzar aquella noche de junio. Se hizo vivo ante mí, parido repentinamente del vientre de su esplendor sin finalidad.

—Él quiere saber —continuó Jordan— si tú invitarías a Daisy a tu casa alguna tarde y luego dejarías que él viniese de visita.

La modestia de la petición me sorprendió. Él había esperado cinco años y se compró una mansión, desde donde repartía luz de las estrellas a las polillas distraídas, de manera que pudiese «venir» alguna tarde al jardín de un desconocido.

—¿Es que yo tenía que saber todo esto antes de que él pudiese pedirme una cosa tan pequeña?

—Le da miedo. Ha esperado mucho tiempo, creía que podrías ofenderte. Ya ves que por debajo de todo él no es tan duro.

Algo me preocupaba.

—¿Por qué no te pidió que arreglases una reunión?

—Él quiere que ella vea su casa —explicó—, y la tuya está justo al lado.

—¡Oh!

—Creo que él esperaba a medias que ella se diese una vuelta una noche por alguna de sus fiestas —siguió Jordan—, pero ella no lo hizo nunca. Entonces él empezó a preguntar despreocupadamente a la gente si la conocían, y yo fui la primera que encontró. Fue la noche que mandó a buscarme para su baile y tendrías que conocer la complicada manera que había formado para ello. Por supuesto, le sugerí inmediatamente un almuerzo en Nueva York... Y creí que se iba a volver loco: ¡No quiero hacer nada que se salga del camino! —decía una y otra vez—. ¡Quiero verla en la casa de al lado!

Cuando dije que tú eras buen amigo de Tom, empezó a abandonar la idea por completo. Él no sabe mucho de Tom, aunque dice que durante años ha leído un periódico de Chicago sólo por la posibilidad de que saliese allí el nombre de Daisy.

Ya estaba oscuro, y cuando pasamos bajo un puentecillo puse el brazo sobre el dorado hombro de Jordan, la acerqué a mí y le pedí que cenásemos juntos. De repente ya no estaba pensando en Daisy ni en Gatsby, sino en esta persona limpia, fuerte y concreta que trataba con el escepticismo universal y que se se apoyaba con confianza en el círculo de mi brazo. Empezó a resonarme una frase en los oídos con una especie de agitación estimulante: «solo existen los perseguidos, los perseguidores, los activos y los cansados».

—Y Daisy tenía que tener algo en su vida —me murmuró Jordan.

—¿Quiere ella ver a Gatsby?

—Ella no tiene que saber nada de esto. Gatsby no quiere que lo sepa. Tú sólo tienes que invitarla a tomar el té.

Pasamos por una barrera de árboles oscuros, y luego la fachada de la calle 59, un bloque de delicada luz pálida, brilló sobre el parque. A diferencia de Gatsby y de Tom Buchanan yo no tenía ninguna chica cuyo rostro incorpóreo flotase por las oscuras cornisas y los cegadores letreros, así que tiré de la chica que tenía a mi lado apretando el brazo. Su pálida y desdeñosa boca sonreía, de modo que tiré de ella otra vez para acercarla más, esta vez a mi cara.

CAPÍTULO 5

Cuando llegué al *West Egg* aquella noche, temí por un momento que mi casa estuviese en llamas. Eran las dos de la madrugada y el rincón entero de la península centelleaba con una luz que parecía irreal sobre los setos y creaba reflejos finos y alargados en los cables de la carretera. Al volver una curva vi que era la casa de Gatsby, iluminada de la bodega a la torre.

Al principio creí que sería otra fiesta, una desbandada alocada que se había transformado en el juego del escondite con toda la casa como terreno de juego; pero no había sonido alguno. Sólo el del viento en los árboles, que soplaba sobre los cables y hacía que las luces se apagasen y encendiesen como si la casa hiciera guiños en la oscuridad. Mientras mi taxi crujía alejándose, vi a Gatsby que caminaba hacia mí cruzando su césped.

—Tu casa parece la Feria Mundial —dije.

—¿Sí? —movió los ojos distraídamente hacia la casa—. He estado mirando algunas de las habitaciones. Vayámonos a Coney Island, amigo. En mi automóvil.

—Es tardísimo.

—Bueno. ¿Y si suponemos que nos damos un chapuzón en la piscina? No la he utilizado en todo el verano.

—Tengo que irme a la cama.

—De acuerdo.

Se quedó esperando, mirándome con impaciencia contenida.

—He hablado con la señorita Baker —dije al rato—, voy a llamar a Daisy mañana para invitarla a que venga aquí a tomar el té.

—Oh, no te preocupes —dijo despreocupadamente—, no quiero causarte ningún problema.

—¿Qué día te va mejor?

—¿Qué día te va mejor a ti? —me corrigió rápidamente—. No quiero causarte ningún problema, en serio.

—¿Qué tal pasado mañana?

Lo pensó un momento y luego dijo, con reticencia:

—Quiero que corten la hierba.

Los dos miramos la hierba. Había una clara línea donde terminaba mi césped irregular y empezaba la amplitud del suyo, bien mantenido y más oscuro. Sospecho que se refería a mi césped.

—Hay otra cosita —dijo con incertidumbre, y vaciló.

—¿Preferirías posponerlo unos días? —pregunté.

—Oh, no se trata de eso. Al menos... —titubeaba entre varios inicios de frase—. Vaya, creí que... Vaya..., oye, mira, amigo, tú no ganas mucho dinero, ¿verdad?

—No mucho.

Pareció que eso lo tranquilizaba y continuó en un tono más en confianza.

—Eso pensé, si me perdonas la... ¿Ves?, yo tengo otro negocio aparte, una especie de negocio suplementario, seguro que comprendes. Y he pensado que si tú no ganas mucho... Tú vendes bonos, ¿verdad, amigo?

—Lo intento.

Bien, esto podría interesarte. No te llevará mucho tiempo y podrías recoger un buen pellizco. Ocurre que es algo confidencial.

Me doy cuenta ahora de que bajo circunstancias diferentes esa conversación podría haber sido una de las crisis de mi vida; pero ya que la oferta era —obviamente y con poco tacto— por un servicio a prestar, no tuve otra salida que cortarla ahí mismo.

—Tengo las manos llenas —dije—, te lo agradezco mucho pero no puedo encargarme de más trabajo.

—No tendrías que hacer negocio alguno con Wolfshiem —evidentemente pensó que yo quería mantenerme alejado de la «gonecsión» de la que se habló en el almuerzo, pero le aseguré que se equivocaba. Esperó un rato más largo para que yo comenzase a conversar, pero yo estaba demasiado absorto para reaccionar, de modo que se fue a casa a regañadientes.

La tarde me había aturdido, pero también me puso contento. Creo que me sumergí en un sueño profundo en cuanto entré por la puerta principal de mi casa. Así que no sabía si Gatsby había ido a Coney Island, o cuántas horas se estuvo «mirando las habitaciones» mientras su casa resplandecía estridentemente. Llamé a Daisy desde mi oficina la mañana siguiente y la invité a venir a tomar el té.

—No traigas a Tom —la avisé.

—¿Qué?

—Que no traigas a Tom.

—¿Y quién es Tom? —preguntó inocentemente.

El día que acordamos llovía a mares. A las once golpeó mi puerta un hombre con impermeable que arrastraba un cortacéspedes, y dijo que el señor Gatsby lo había enviado a podar mi césped. Eso me recordó que me había olvidado de decirle a mi finlandesa que volviese, así que fui en el automóvil al pueblo de *West Egg* a buscarla entre callejones blanqueados y húmedos, y para comprar copas, limones y flores.

Las flores no fueron necesarias, pues a las dos llegó de la casa de Gatsby un invernadero con un sinnúmero de contenedores que lo contenían. Una hora después se abrió agitadamente la puerta principal y Gatsby, vestido con un traje de franela blanco, camisa plateada y corbata dorada, se apresuró a entrar. Estaba pálido y había oscuras señales de falta de sueño bajo sus ojos.

—¿Va todo bien? —me preguntó inmediatamente.

—La hierba tiene muy buen aspecto, si te referías a eso.

—¿Qué hierba? —preguntó con la mirada perdida—. ¡Ah, la hierba del jardín! —miró la hierba por la ventana, pero a juzgar por su expresión creo que no vio nada.

—Se ve muy bien —comentó distraídamente—. Uno de los periódicos decía que creían que la lluvia se acabaría a eso de las cuatro. Creo que era *The Journal*. ¿Tienes todo lo necesario para el... para el té?

Lo llevé a la cocina, donde miró a la finlandesa con un poco de desaprobación. Escudriñamos juntos los doce pasteles de limón que habían traído de la tienda de artículos especiales.

—¿Estos irán bien? —pregunté.

—¡Por supuesto, por supuesto! ¡Son estupendos! —y añadió secamente—: ... Amigo.

La lluvia se calmó a eso de las tres y media para dar paso a una neblina húmeda a través de la cual de cuando en cuando flotaban gotitas como rocío. Gatsby repasaba con ojos ausentes un ejemplar de la *Economía* de Clay, sobresaltándose con el pisoteo de la finlandesa

80

en el suelo de la cocina y mirando a las ventanas empañadas de cuando en cuando, como si una serie de acontecimientos invisibles, pero alarmantes, estuviesen ocurriendo afuera. Al final, se puso en pie y me informó con voz indecisa que se iba a su casa.

—¿Y eso por qué?

—No viene nadie a tomar el té. ¡Es demasiado tarde! —miró su reloj como si existiera una urgente demanda de su tiempo en otra parte—. No puedo esperar todo el día.

—No seas bobo, sólo faltan dos minutos para las cuatro.

Se sentó, tristemente, como si yo lo hubiera empujado, y al mismo tiempo oímos el sonido de un motor que se metía en mi camino de entrada. Los dos nos pusimos en pie de un salto y, un poco consternado también, salí al jardín.

Bajo los desnudos y goteantes lilos, un descapotable grande subía por el camino de entrada. Se detuvo. La cara de Daisy, inclinada de lado bajo un sombrero de tres picos color lavanda, me miraba con una sonrisa radiante y alborozada.

—¿Es aquí realmente donde vives, queridísimo?

La estimulante onda de su voz en la lluvia fue un tónico apasionado. Tuve que seguir arriba y abajo su sonido por un momento sólo con los oídos antes de que saliese palabra alguna. Un mechón de cabello mojado se extendía como una raya de pintura azul a través de su mejilla, y cuando para ayudarla a salir del automóvil agarré su mano la tenía húmeda de gotas brillantes.

—¿Es que te has enamorado de mí? —me dijo bajito al oído—. ¿O por qué he tenido que venir sola?

—Ese es el secreto de Castle Rackrent[5]. Dile a tu chófer que se vaya muy lejos y se pase una hora allá.

—Vuelve en una hora, Ferdie —dijo, y luego en un murmullo solemne—: se llama Ferdie.

¿Le afecta la gasolina a la nariz?

—No creo —dijo con inocencia—. ¿Por qué?

Entramos en la casa. Para mi grandísima sorpresa, el salón estaba desierto.

—¡Vaya, esto tiene gracia! —exclamé.

—¿Qué es lo que tiene gracia?

---

[5] *Castillo de los Rackrent* (o Rentabusiva), novela de MARIA EDGEWORTH de 1800. *(N. del T.)*

Giró la cabeza porque hubo una llamada ligera y digna en la puerta principal. Salí del salón y fui a abrirla. Gatsby, más pálido que la muerte y con las manos hundidas como pesos en los bolsillos de su chaqueta, estaba de pie sobre un charco de agua mirándome trágicamente a los ojos.

Con las manos todavía metidas en los bolsillos de su chaqueta, me siguió en el recibidor, giró bruscamente como si estuviese sobre una guía y desapareció en la sala de estar. No tenía nada de gracia. Consciente del fuerte latido de mi corazón, tiré de la puerta contra la lluvia que iba en aumento.

Durante medio minuto no hubo ningún sonido. Luego oí que desde la sala de estar venía una especie de murmullo ahogado y parte de una risa, seguidos por la voz de Daisy con tono claro y artificial.

—Desde luego que estoy contentísima de volver a verte.

Una pausa, que perduró horriblemente. Yo no tenía nada que hacer en el recibidor, de modo que entré en la sala.

Todavía con las manos en los bolsillos, Gatsby se reclinaba sobre la cornisa de la chimenea en una tensa imitación de estar perfectamente cómodo, de aburrimiento incluso. Tenía la cabeza tan echada para atrás que se apoyaba sobre la esfera de un difunto reloj de chimenea, y desde su posición sus afligidos ojos miraban a Daisy, que estaba sentada, asustada pero digna, al borde de una silla rígida.

—Nosotros ya nos conocíamos —musitó Gatsby—. Sus ojos me miraron un momento y sus labios se abrieron en un intento de risa abortado. Por suerte, el reloj aprovechó ese momento para inclinarse peligrosamente por la presión de su cabeza, con lo cual se dio la vuelta, lo atrapó con dedos temblorosos y volvió a ponerlo en su sitio. Luego se sentó rígidamente con el codo sobre el sofá y la barbilla en la mano.

—Lamento lo del reloj —dijo.

En ese momento, mi propia cara había adquirido un profundo bronceado tropical. No pude pronunciar ni un solo lugar común de los mil que tenía en la cabeza.

—Es un reloj viejo —les dije tontamente.

Me parece que por un momento todos creímos que se había hecho pedazos contra el suelo.

—No nos hemos visto en muchos años —dijo Daisy con voz tan objetiva como pudo.

—Cinco años el próximo noviembre.

La cualidad automática de la respuesta de Gatsby nos detuvo a todos por lo menos otro minuto. Tenía a los dos en pie con la sugerencia desesperada de ayudarme a hacer el té en la cocina, cuando la finlandesa diabólica lo trajo en una bandeja.

Entre el recibimiento confuso de copas y pasteles, se estableció por sí mismo cierto decoro físico. Gatsby se metió en una sombra y mientras Daisy y yo hablábamos nos miraba a una y otro concienzudamente con ojos tensos y descontentos. Sin embargo, como la calma no era un fin en sí mismo, en el primer momento que fue posible me disculpé y me puse en pie.

—¿Adónde vas? —me preguntó Gatsby alarmándose inmediatamente.

—Volveré.

—Tengo que hablar contigo de algo antes de que te vayas.

Me siguió alocadamente a la cocina, cerró la puerta y susurró «¡Ay, Dios!», abatido.

—¿Qué sucede?

—Esto es un terrible error —dijo meneando la cabeza de lado a lado—, un error terrible, ¡terrible!

—Tú estás abochornado, nada más —y por suerte añadí—: y Daisy también está abochornada.

—¿Que está abochornada?

—Sólo tanto como tú lo estás.

—No hables tan fuerte.

—Estás actuando como un niño pequeño —estallé con impaciencia—, y no sólo eso, también eres un grosero. Daisy está ahí, sola.

Levantó la mano para detener mis palabras, me miró con inolvidable reproche y regresó a la sala abriendo la puerta cautelosamente.

Salí por la puerta de atrás, lo mismo que había hecho Gatsby cuando recorrió nerviosamente la casa media hora antes, y corrí hacia un enorme y nudoso árbol negro cuya hojarasca creaba un tejido contra la lluvia. Llovía a cántaros otra vez y mi césped irregular, bien afeitado por el jardinero de Gatsby, estaba lleno de pequeños pantanos de barro y de ciénagas prehistóricas. Bajo el árbol no había nada a lo que mirar excepto la enorme casa de Gatsby, de modo que la miré durante media hora, como Kant al campanario de su iglesia[6]. Un cervecero la había mandado construir al principio de la moda «de época», unos diez años antes, y circulaba una historia de que él propuso pagar los impuestos de cinco años de todas las casas circundantes si los propietarios querían que sus tejados estuviesen cubiertos de paja. Quizá es que su negativa le quitó el meollo a su plan de *Fundar una Familia,* porque él entró en un deterioro inmediato. Sus hijos vendieron la casa cuando todavía estaba la corona negra colgada de la puerta. Los norteamericanos, aunque en ocasiones están dispuestos a ser siervos, han sido siempre muy tercos sobre ser campesinos.

Media hora después el sol brillaba otra vez y el vehículo del tendero de las vituallas entró por el camino a la casa de Gatsby con las materias primas para la cena de sus sirvientes; yo estaba seguro de que él no comería ni una cucharada de nada. Una sirviente empezó a abrir las ventanas superiores de la casa, apareció un momento en cada una de ellas, e inclinándose hacia afuera en la gran ventana volada escupió meditabunda al jardín. Era hora de que yo volviese a la casa. Mientras seguía, la lluvia había parecido como un murmullo de sus voces, subiendo y aumentando un poco de cuando en cuando con ráfagas de emoción; pero en el nuevo silencio sentí que ese mismo silencio había caído también sobre la casa.

Entré —después de hacer todos los ruidos posibles en la cocina menos el de derribar el aparato—, pero creo que no oyeron ruido alguno. Estaban sentados a ambos extremos del sofá, mirándose como si se hubiese formulado una pregunta o estaba en el aire, y todo rastro de bochorno había desaparecido. La cara de Daisy estaba llena de lágrimas y al entrar yo ella se puso en pie de un salto y empezó a enguajársela con el pañuelo ante un espejo. Pero se había producido un cambio en Gatsby que era simplemente desconcertante. Resplandecía, literalmente; sin una sola palabra, sin un solo gesto de júbilo, un bienestar nuevo irradiaba desde él y llenaba la salita.

—Ah, hola, amigo —dijo como si hiciera años que no me veía. Por un momento creí que iba a estrecharme la mano.

---

[6] El filósofo Emmanuel Kant se inspiraba contemplando el campanario de su iglesia vecina, hasta el punto de entrar en pendencia con un vecino que plantó un árbol que le impedía la vista de él. *(N. del T.)*

—Ha dejado de llover.

—¿De veras?

Cuando se dio cuenta de lo que yo le decía, de que había centelleos de luz del sol en la sala, sonrió como un hombre del tiempo, como un alborozado patrono de la luz constante, y le repitió la noticia a Daisy.

—¿Qué te parece? Ha dejado de llover.

—Me alegro, Jay —su garganta, llena de una belleza doliente y afligida, hablaba solamente de su alegría inesperada.

—Quiero que tú y Daisy vengáis a mi casa —dijo—, me gustaría enseñársela.

—¿Estás seguro de que quieres que vaya yo?

—Completamente, amigo.

Daisy subió arriba a lavarse la cara —demasiado tarde pensé en mis toallas, con humillación— mientras Gatsby y yo esperábamos sobre el césped.

—Mi casa tiene buen aspecto, ¿verdad? —preguntó—. Mira cómo atrapa la luz todo el frente.

Reconocí que era espléndida.

—Sí —su mirada la recorrió por completo, sobre cada puerta con arco y la torre cuadrada—. Me llevó justo tres años ganar el dinero para comprarla.

—Creía que tu dinero lo habías heredado.

—Y lo heredé, amigo —dijo automáticamente—, pero perdí la mayor parte de él en el gran pánico... El pánico de la guerra.

Creo que él apenas sabía lo que decía, porque cuando le pregunté a qué negocio se dedicaba respondió «eso es asunto mío», antes de caer en la cuenta de que eso no era una respuesta adecuada.

—Oh, he estado metido en varias cosas —se corrigió—; estuve en el negocio de los medicamentos y luego estuve en el negocio del petróleo; pero ahora ya no estoy en ninguno de ellos —me miró con más atención—; ¿quieres decir que te has pensado lo que te propuse la otra noche?

Antes de que pudiese responderle, Daisy salió de la casa y dos filas de botones de latón de su vestido resplandecieron a la luz del sol.

—¿Es ese lugar enorme de ahí? —exclamó señalándolo.

—¿Te gusta?

—Me encanta, pero no entiendo que vivas ahí completamente solo.

—Siempre la mantengo llena de gente interesante, noche y día. Gente que hace cosas interesantes, gente famosa.

En lugar de ir por el atajo al lado del Estrecho, bajamos por la carretera y entramos por el gran portón de entrada. Daisy admiraba con murmullos encantadores este aspecto o aquel de la silueta feudal recortada contra el cielo, admiró los jardines, el chispeante aroma de los narcisos, el olor espumante del espino y de las flores de ciruelo, y el pálido perfume dorado de la madreselva. Era extraño llegar a los escalones de mármol y no ver ningún revuelo de vestidos radiantes saliendo y entrando por la puerta, y no oír sonido alguno más que el de las voces de los pájaros en los árboles.

Y ya dentro, mientras deambulábamos por salas de música estilo María Antonieta y salones Restauración, sentí como si hubiese huéspedes escondidos tras cada sofá y cada mesa, con órdenes de estar callados y sin respirar hasta que nosotros hubiésemos pasado. Cuando Gatsby cerró la puerta de la «biblioteca de la universidad Merton» yo habría jurado que oí que el hombre de ojos de búho estallaba en una risa fantasmagórica.

Fuimos arriba, atravesamos dormitorios de época tapizados en seda rosa y lavanda y frescos de flores nuevas, atravesamos vestidores y salas de billar, y baños con bañeras empotradas en el suelo... Y nos colamos en una habitación donde un hombre desaliñado en pijama hacía ejercicios para el hígado en el suelo. Era el señor Klipspringer, «el huésped». Lo había visto vagar ansiosamente por la playa esa misma mañana. Por último llegamos a las habitaciones privadas de Gatsby, un dormitorio, un cuarto de baño y un estudio estilo Adam donde nos sentamos y bebimos una copa de una botella de Chartreuse que sacó de una alacena empotrada en la pared.

Yo no había dejado de mirar a Daisy ni una sola vez, y creo que Gatsby revalorizó todo lo que había en su casa según la medida de la respuesta que sacase de los bienamados ojos de ella. A veces él también miraba a sus posesiones de una manera aturdida, como si en la presencia real y sorprendente de ella ninguna de esas cosas fuesen ya auténticas. Una vez estuvo a punto de caerse por un tramo de escalera.

Su dormitorio era la habitación más sencilla de todas, excepto donde el tocador estaba guarnecido por un juego de aseo de oro puro mate. Daisy agarró el cepillo con deleite y se alisó el cabello, con lo que Gatsby se sentó, se cubrió los ojos con la mano y empezó a reírse.

—Esto es de lo más divertido, amigo —dijo a carcajadas—. No puedo... Cuando intento hacer...

Visiblemente, había pasado por dos estados de ánimo y estaba entrando en un tercero. Tras su bochorno y su alegría irracional, se consumía de asombro por la presencia de ella. Había estado absorto por esa idea tanto tiempo, la había soñado hasta el final, había esperado con los dientes preparados, por así decirlo, con inconcebible y extrema intensidad. Ahora, como reacción, estaba tan agotado como un reloj al que se le ha dado demasiada cuerda.

Se recuperó en un momento y abrió para nosotros dos descomunales armarios que guardaban sus montones de trajes, y vestimenta de gala y corbatas, y sus camisas, en pilas como ladrillos de una docena de ellas de altura.

—Tengo a un hombre en Inglaterra que me compra la ropa. Me manda una selección de cosas al inicio de cada estación, en primavera y en otoño.

Agarró una pila de camisas y empezó a tirarlas una a una ante nosotros, camisas de lino puro, de gruesa seda y de franela fina que perdían los pliegues según caían y cubrían la mesa en un desbarajuste multicolor. Mientras nosotros las admirábamos, él trajo más y el montón suave y suntuoso subió aún más arriba: camisas con rayas y motivos impresos, y a cuadros coral y verde manzana y lavanda y naranja desvaído con monogramas en tinta china azul. De repente, con un ruido crispado, Daisy dobló la cabeza entre las camisas y empezó a llorar tempestuosamente.

—Son unas camisas tan bonitas —sollozó con la voz apagada por los gruesos pliegues—; me pone triste porque yo no he visto unas camisas tan bonitas nunca.

Después de ver la casa íbamos a recorrer el jardín y la piscina, y el hidroplano, y las flores de mitad del verano... Pero afuera de la ventana de Gatsby empezó a llover otra vez, de modo que nos quedamos en fila mirando las rizadas aguas del Estrecho.

—Si no fuese por la niebla podríamos ver tu casa al otro lado de la bahía —dijo Gatsby—. Tú siempre tienes una luz verde encendida toda la noche al final de tu embarcadero.

Daisy puso su brazo alrededor del suyo bruscamente, pero él parecía absorto en lo que acababa de decir. Posiblemente se le ocurrió que el enorme significado de aquella luz había desaparecido para siempre. Comparado con la gran distancia que lo había separado de Daisy, aquella luz parecía que estaba muy cerca de ella, casi tocándola. Había parecido tan cercana como una estrella lo está de la luna. Ahora era otra vez una luz verde en un embarcadero. Su recuento de objetos encantados había disminuido en uno.

Empecé a caminar por la habitación examinando varios objetos indefinidos medio a oscuras. Una gran fotografía, que pendía de la pared sobre su escritorio, de un hombre de edad avanzada vestido para viajar en yate me atrajo.

—¿Quién es él?

—¿Ese de ahí? Ese es el señor Dan Cody, amigo.

El nombre me sonaba vagamente conocido.

—Está muerto, solía ser mi mejor amigo hace años.

Había una fotografía pequeña de Gatsby sobre su escritorio, también en vestido de viajar en yate —Gatsby tenía la cabeza echada para atrás en gesto de desafío—, sacada aparentemente cuando él tenía unos dieciocho años.

—¡Ay, me encanta! —exclamó Daisy—. ¡Llevabas copete! No me has dicho nunca que tenías copete... Y un yate.

—Mira esto —dijo Gatsby rápidamente—. Aquí tienes un montón de recortes de periódico... Sobre ti.

Estaban en pie muy juntos examinándolos. Yo iba a pedirle ver los rubíes cuando sonó el teléfono y Gatsby levantó el auricular.

—Sí... Bueno, ahora no puedo hablar... Que ahora no puedo hablar, amigo... Dije una ciudad pequeña... Él tiene que saber qué es una ciudad pequeña... Bueno, no nos sirve de nada si su idea de una ciudad pequeña es Detroit.

Colgó.

—¡Venid aquí, aprisa! —exclamó Daisy desde la ventana.

La lluvia seguía cayendo, pero la oscuridad se había abierto en el oeste y había una masa rosa y dorada de nubes espumosas sobre el mar.

—Mirad eso —susurró, y tras un momento dijo—: me gustaría tener justo una de esas nubes rosas para ponerte encima y empujarte por ahí.

Intenté irme entonces, pero no quisieron ni hablar de ello; quizá era que mi presencia les hacía sentirse más satisfactoriamente solos.

—Ya sé lo que vamos a hacer —dijo Gatsby—, haremos que Klipspringer toque el piano.

Salió de la sala llamándolo, «¡Ewing!», y regresó al poco tiempo acompañado por un abochornado y ligeramente deteriorado joven con anteojos de montura de carey y escasos cabellos rubios. Ahora estaba decentemente vestido con una «camisa de sport» abierta en el cuello, zapatillas deportivas y pantalones de loneta de un tono nebuloso.

—¿Hemos interrumpido sus ejercicios? —preguntó Daisy educadamente.

—Estaba dormido —exclamó el señor Klipspringer en un acceso de abochornamiento—, o sea, estaba durmiendo. Luego me he levantado...

—Klipspringer toca el piano —dijo Gatsby interrumpiéndolo—, ¿no es eso, amigo Ewing?

—No toco bien. Yo no... Yo casi no toco nada. Estoy falto de práct...

—Vayamos abajo —interrumpió Gatsby.

Accionó un interruptor. Las grises ventanas desaparecieron cuando la casa resplandeció llena de luz.

En la sala de música, Gatsby prendió una lámpara solitaria junto al piano. Encendió el cigarrillo de Daisy con una cerilla temblorosa y se sentó con ella en un sofá que estaba lejos, al otro lado de la sala donde no había luz alguna salvo la que entraba por el reflejo del suelo en el pasillo.

Cuando Klipspringer terminó de tocar *El nido de amor,* se giró en la banqueta y buscó tristemente a Gatsby entre las sombras.

—Me falta práctica, ya lo ve. Le dije que no podía tocar. Estoy falto de práct...

—No hables tanto, amigo —ordenó Gatsby—. ¡Toca!

Por la mañana, por la tarde, ¿es que no nos divertimos?...

En el exterior soplaba ruidosamente el viento y había un distante sonido de truenos en el Estrecho. Todas las luces estaban ahora encendidas en el *West Egg;* los trenes eléctricos, portadores de hombres, se zambullían hacia el hogar a través de la lluvia desde Nueva York. Era la hora de un profundo cambio humano, y la agitación se generaba en el aire.

Una cosa es segura y no hay nada más seguro: los ricos tienen cada vez más dinero y los pobres tienen... Hijos. Y mientras tanto, entre ratos...

Cuando fui a despedirme vi que la expresión de desconcierto había vuelto a la cara de Gatsby, como si se le hubiese ocurrido una leve duda sobre la calidad de su felicidad presente. ¡Casi cinco años! Hasta en aquella tarde debió haber momentos en los que Daisy no estaba a la altura de sus sueños; pero no por culpa suya, sino por el enorme vigor de la ilusión de él. Había llegado más allá de ella, más allá de todo. Él se había arrojado a esa ilusión con una pasión creativa, haciéndola crecer constantemente, engalanándola con cada brillante pluma que estuviese a la deriva en su camino. Ninguna cantidad de fuego o de frescura puede desafiar lo que un hombre puede guardar entre los fantasmas de su corazón.

Mientras yo lo observaba se recompuso un poco, visiblemente. Su mano agarró la de Daisy y cuando ella le dijo algo en voz baja al oído él se volvió hacia ella con una avalancha de emoción. Creo que aquella voz fue lo que más se adueñaba de él, con su calidez fluctuante y enfebrecida, porque eso no podía soñarse de más... Esa voz era una canción inmortal.

Se habían olvidado de mí, pero Daisy levantó la mirada y me tendió la mano; Gatsby ya no me conocía para nada. Los miré una vez más y ellos me miraron, lejanamente, poseídos por la intensidad de la vida. Entonces salí de la sala y bajé los escalones de mármol bajo la lluvia, dejándolos allí juntos.

CAPÍTULO 6

Por aquella época, un ambicioso periodista joven de Nueva York llegó una mañana a la puerta de Gatsby y le preguntó si tenía algo que decir.

—¿Algo que decir de qué? —preguntó Gatsby educadamente.

—Vaya, cualquier declaración que quiera hacer.

Tras unos confusos cinco minutos, se reveló que el hombre había oído el nombre de Gatsby en su oficina en una relación que no quiso revelar o que no comprendió del todo. Era su día libre y con una iniciativa loable se había apresurado a «ir a ver».

Era un disparo a ciegas, pero el periodista insistió que tenía razón. La notoriedad de Gatsby, difundida por todas partes por los cientos de personas que habían aceptado su hospitalidad y de esa manera se hicieron expertos en su pasado, había aumentado todo el verano hasta que dejó de ser noticia. Leyendas contemporáneas, como el «oleoducto subterráneo a Canadá» se le quedaban pegadas por sí mismas, y existía una historia persistente de que él no vivía en una casa en absoluto, sino en un barco que parecía una casa y que se movía arriba y abajo en secreto por la orilla de Long Island. Sólo que no es fácil de decir por qué eran estos inventos una fuente de satisfacción para James Gatz, de Dakota del Norte.

James Gatz, ese era de verdad, o al menos legalmente, su nombre. Se lo había cambiado a los diecisiete años y en el momento concreto que fue testigo del principio de su carrera: cuando vio el yate de Dan Cody largar el ancla en el bajío más traicionero del lago Superior. Era James Gatz quien había estado ganduleando por la playa aquella tarde vestido con una camiseta verde raída y un par de pantalones de lona, pero ya era a Jay Gatsby a quien le habían prestado un bote de remos y salió hacia el *Toulomee* para informar a Cody de que el viento podía atraparlo y destrozarlo en media hora.

Supongo que tenía el nombre preparado desde hacía mucho tiempo, incluso entonces. Sus padres eran granjeros holgazanes y fracasados; su imaginación no los había aceptado jamás como sus padres. La verdad era que Jay Gatsby, de *West Egg,* en Long Island, brotó de su platónico concepto de sí mismo. Él era un hijo de Dios —una frase que, si significa algo, significa justamente eso— y él tenía que ocuparse de los Asuntos de Su Padre, a servicio de una vasta belleza, vulgar y ostentosa. Así que inventó la clase de Jay Gatsby que era probable que un muchacho de diecisiete años inventase, y a esa idea fue leal hasta el fin.

Durante más de un año había estado recorriendo su camino por la orilla sur del lago Superior como recolector de almejas y pescador de salmones, o cualquier otra cosa que le proporcionase comida y cama. Su cuerpo bronceado y firme vivía de manera natural a través del trabajo, medio encarnizado y medio perezoso, de los días vigorizantes. Muy pronto conoció a mujeres y puesto que ellas lo mimaban, él empezó a desdeñarlas, a las jóvenes vírgenes porque eran unas ignorantes, a las demás porque se ponían histéricas por cosas que en su arrollador egocentrismo daba por sentadas.

Pero su corazón estaba en constante y turbulento disturbio. Los conceptos más grotescos y fantásticos lo obsesionaban por la noche en la cama. Un universo de ostentación indescriptible daba vueltas por sí mismo en su cerebro mientras el reloj marcaba su tictac sobre el lavamanos y la luna inundaba de húmeda luz sus ropas enmarañadas en el suelo. Todas las noches iba acumulando más al diseño de sus fantasías hasta que el sueño se cerraba sobre alguna vívida escena con su abrazo de olvido. Durante cierto tiempo aquellas ensoñaciones le proporcionaban una salida a su imaginación; eran un indicio satisfactorio de la irrealidad de la realidad, una promesa de que la roca del mundo se fundamentaba con seguridad sobre las alas de un hada.

Un instinto hacia su gloria futura lo había conducido, unos meses antes, a la pequeña universidad luterana de Saint Olaf, en el sur de Minnesota. Allí estuvo dos semanas, consternado por la indiferencia feroz que mostraron a los tambores de su destino, y al destino mismo, y despreciando el trabajo de conserje y limpiador con el que iba a costearse su paso por allí. Luego se dejó llevar otra vez al lago Superior, y aún buscaba algo que hacer el día que el yate de Dan Cody largó el ancla en los bajíos de la costa.

Cody tenía entonces cincuenta años, era un producto de los terrenos argentíferos de Nevada, de los del Yukon, y de todas las avalanchas en busca de metales desde el setenta y cinco. Las transacciones en cobre de Montana que lo habían hecho multimillonario lo encontraron robusto físicamente, pero en el límite del reblandecimiento cerebral, y sospechándolo había una cantidad infinita de mujeres que intentaban separarlo de su dinero. Los nada sabrosos enredos con los que Ella Kaye, la periodista, jugó a Madame de Maintenon[7] a costa de su debilidad, y que lo había enviado al mar en un yate eran algo conocido de todos por el ampuloso periodismo de 1902. Él había estado cinco años costeando a lo largo de orillas demasiado hospitalarias cuando se presentó como el destino de James Gatz en la bahía de Little Girl.

Para el joven Gatz, apoyado sobre sus remos y mirando hacia arriba a la barandilla de la cubierta, el yate representaba toda la belleza y el encanto del mundo. Supongo que sonrió a Cody, probablemente ya había descubierto que gustaba a la gente cuando sonreía. En cualquier caso, Cody le hizo unas cuantas preguntas (con una de ellas sonsacó el nombre nuevecito) y vio que era rápido y exageradamente ambicioso. Pocos días después lo llevó a Duluth y le compró una chaqueta azul, seis pares de pantalones blancos de loneta y una gorra de balandrista. Y cuando el *Toulomee* zarpó con rumbo al Caribe y la costa berebere, Gatsby zarpó también.

Lo emplearon en una imprecisa función personal; mientras permaneció con Cody fue por turnos sobrecargo, primer oficial, patrón, secretario y hasta carcelero, pues el Dan Cody sobrio sabía en qué actividades fastuosas podría estar metido pronto el Dan Cody borracho, y se preparaba para esas eventualidades depositando cada vez más confianza en Gatsby. El arreglo duró cinco años, durante los que el barco dio tres vueltas alrededor del continente. Podría haber durado indefinidamente de no haber sido porque Ella Kaye subió a bordo una noche en Boston, y una semana después Dan Cody murió, de modo poco hospitalario.

Recuerdo su retrato colgado en el dormitorio de Gatsby, un hombre rubicundo de pelo gris y con una cara severa y vacía de pionero libertino que durante una fase de la vida norteamericana llevó de vuel-

---

[7] FRANÇOISE D'AUBIGNÉ, amante y esposa secreta de Luis XIV de Francia, sobre quien tenía gran influencia. *(N. del T.)*

ta a la costa Este la vehemencia primitiva de los burdeles y las tabernas de la frontera Oeste. Se debía indirectamente a Cody que Gatsby bebiese tan poco. Algunas veces, en el transcurso de alegres fiestas, las mujeres solían frotarle el cabello con champán; pues él mismo se había formado el hábito de dejar el alcohol en paz.

Y fue de Cody de quien heredó dinero, un legado de veinticinco mil dólares, que no consiguió. No entendió nunca el artilugio legal que se utilizó contra él, pero lo que quedaba de los millones fue intacto a Ella Kaye. Él quedó con su educación extraordinariamente adecuada; los imprecisos contornos de Jay Gatsby se habían llenado de la esencia de un hombre.

Él me contó todo esto mucho más tarde, pero lo escribo aquí con idea de reventar aquellos primeros rumores locos sobre sus antecedentes, que no eran ciertos ni de lejos. Y encima me lo dijo en una época de confusión, cuando yo había llegado al punto de creer todo acerca de él y no creer nada en absoluto. Así que aprovecho esta corta pausa —mientras Gatsby esperaba sentado, por así decirlo— para aclarar esa serie de ideas equivocadas.

Fue también una pausa en mi asociación con sus asuntos. Durante varias semanas no lo vi ni oí su voz al teléfono —la mayor parte del tiempo yo estaba en Nueva York, trotando por ahí con Jordan e intentando congraciarme con su vieja tía senil—, pero al final fui a su casa un domingo por la tarde. No llevaba allí ni dos minutos cuando alguien trajo dentro a Tom Buchanan a tomar una copa. Yo estaba sorprendido, naturalmente, pero lo verdaderamente sorprendente era que no hubiese ocurrido antes.

Era un grupo de tres a caballo; Tom, un hombre llamado Sloane y una mujer bonita en traje de montar marrón que había estado allí anteriormente.

—Estoy encantado de verles —dijo Gatsby de pie en el porche—, estoy encantado de que hayan venido.

¡Como si a ellos les importase!

—Siéntense, aquí tienen cigarrillos y cigarros —caminó por la sala rápidamente, tocando unas campanillas—. Tendremos bebidas para ustedes en sólo un momento.

Estaba profundamente afectado por que Tom estuviese allí. Pero de todas maneras se sentiría incómodo hasta que les hubiese dado algo, siendo vagamente consciente de que era eso por lo que habían venido. El señor Sloane no quiso nada. ¿Una limonada? No, gracias. ¿Un poco de champán? Nada en absoluto, gracias... Lo lamento...

—¿Han tenido buen viaje?

—Por aquí hay carreteras muy buenas.

—Supongo que por los automóviles...

—Sí, claro.

Movido por un impulso irresistible, Gatsby se giró hacia Tom, que había recibido la presentación como si fuese un extraño.

—Creo que nos conocemos de antes, señor Buchanan.

—Oh, sí —dijo Tom, bruscamente correcto, pero evidentemente sin recordarlo—. Sí, lo hicimos, lo recuerdo muy bien.

—Hace unas dos semanas.

—Eso es cierto. Usted estaba aquí con Nick.

—Conozco a su mujer —siguió Gatsby casi agresivamente.

—¿Ah, sí?

Tom se volvió hacia mí.

—¿Vives tú cerca de aquí, Nick?

—En la casa de al lado.

—¿Ah, sí?

El señor Sloane no entró en la conversación, pero se recostaba altivamente en su butaca; la mujer tampoco dijo nada, hasta que, inesperadamente, después de dos güisquis con soda se volvió cordial.

—Todos vendremos a su próxima fiesta, señor Gatsby —sugirió ella—, ¿qué le parece?

—Por supuesto, estaré encantado de tenerles aquí.

—Será muy agradable —dijo el señor Sloane sin gratitud—; bueno, creo que debemos marcharnos.

—Por favor, no tengan prisa —les instó Gatsby. Ahora había recuperado el control de sí mismo y quería ver más tiempo a Tom.

—¿Por qué no?... ¿Por qué no se quedan ustedes a cenar? No me sorprendería que viniese otra gente de Nueva York.

—Ustedes se vienen a cenar conmigo —dijo la dama con entusiasmo—, los dos.

Eso me incluía a mí. El señor Sloane se puso en pie.

—Acompáñennos —dijo, pero sólo a ella.

—Lo digo en serio —insistió ella—. Me encantaría que estuviesen. Hay mucho sitio.

Gatsby me miró interrogativamente. Él quería ir y no se daba cuenta de que el señor Sloane había decidido que no lo hiciera.

—Me temo que no podré ir —dije.

—Bueno, pues venga usted —insistió, concentrándose en Gatsby.

El señor Sloane le susurró algo al oído.

—No llegaremos tarde si salimos ahora mismo —insistió ella en voz alta.

—Yo no tengo caballo —dijo Gatsby—, solía montar en el ejército, pero no me he comprado nunca un caballo. Tendré que seguirles en mi automóvil. Discúlpenme, será un momento.

El resto salimos al porche, donde Sloane y la dama empezaron una apasionada conversación aparte.

—Dios mío, creo que este hombre va a venir —dijo Tom—, ¿es que no sabe que ella no lo quiere?

—Ella dice que quiere que él vaya.

—Ella tiene una gran cena y él no va a conocer a nadie allí —frunció el ceño—. Me pregunto dónde demonios conoció a Daisy. Dios, podré ser anticuado de ideas, pero estos días las mujeres van mucho por ahí para mi gusto. Y se encuentran con todo tipo de tipos chiflados.

De repente, el señor Sloane y la dama bajaron la escalera y se montaron en los caballos.

—Venga —le dijo el señor Sloane a Tom—, vamos con retraso. Tenemos que irnos —y luego a mí—: dígale que no hemos podido esperar, por favor.

Tom y yo nos dimos la mano, los demás intercambiamos un frío saludo con la cabeza y ellos trotaron rápidamente por el camino de entrada y desaparecieron bajo el follaje de agosto justo cuando Gatsby, con sombrero y chaqueta ligera en la mano, salía por la puerta principal.

A Tom lo perturbaba evidentemente que Daisy saliera por ahí sola, porque el siguiente sábado por la noche vino con ella a la fiesta de Gatsby. Quizá su presencia le daba a la tarde su extraña naturaleza de tensión; se destaca en mi memoria de las demás fiestas de aquel verano. Había la misma gente, o al menos la misma clase de gente, la misma abundancia de champán, el mismo alboroto multicolor y multinotas, pero yo sentí una molestia en el aire, una aspereza dominante que antes no había estado allí. O quizá es que simplemente me había acostumbrado a ello, que me había acostumbrado a aceptar *West Egg* como un mundo completo en sí mismo, con sus propias normas y sus grandes figuras propias, el mejor de todos porque no tenía consciencia de serlo, y ahora yo lo estaba mirando otra vez a través de los ojos de Daisy. Es invariablemente entristecedor mirar con ojos nuevos las cosas en las que uno ha empleado su propia capacidad de ajuste.

Llegaron al anochecer y mientras paseábamos entre los centelleantes cientos de invitados, la voz de Daisy le estaba gastando bromas susurrantes en su garganta.

—Estas cosas me excitan muchísimo —susurró—, si quieres besarme en algún momento de la velada, Nick, sólo tienes que decírmelo y me alegrará arreglarlo para ti. Sólo di mi nombre. O presenta una tarjeta verde[8]. Voy a repartir tarje...

—Mirad alrededor —sugirió Gatsby.

—Ya miro alrededor. Me lo estoy pasando maravillos...

—Podrás ver las caras de muchas personas de las que has oído hablar.

Los ojos arrogantes de Tom rondaron por la multitud.

—Nosotros no salimos mucho fuera —dijo—, de hecho estaba pensando justamente que no conozco a nadie aquí.

—Es posible que conozcas a esa dama.

Gatsby señaló a una preciosa orquídea de mujer, apenas humana, que estaba sentada con toda dignidad bajo un ciruelo blanco. Tom y Daisy miraron con esa sensación extrañamente irreal que nos acompaña al reconocer a una persona famosa del cine, fantasmal hasta ese momento.

—Es encantadora —dijo Daisy.

—El hombre que se inclina hacia ella es su director.

Los llevó ceremoniosamente de grupo en grupo.

—La señora Buchanan... Y el señor Buchanan... —tras un momento de vacilación, añadió—: el jugador de polo.

—Oh, no —objetó Tom rápidamente—, no soy yo.

Pero era evidente que el sonido de aquello le gustó a Gatsby, pues Tom siguió siendo «el jugador de polo» todo lo que quedaba de fiesta.

---

[8] *Green card*, tarjeta de residencia legal de extranjeros. *(N. del T.)*

—¡Yo no me he estado nunca con tantas personas famosas! —exclamó Daisy—. Me gustó ese hombre —¿cómo se llamaba?—que tenía una especie de nariz como azul.

Gatsby lo identificó y añadió que era un productor pequeño.

—Bueno, pues me ha gustado de todos modos.

—Yo preferiría no ser el jugador de polo —dijo Tom—. Yo prefiero mirar a toda esa gente famosa de... de incógnito.

Daisy y Gatsby bailaron. Recuerdo que me sorprendió su manera elegante y moderada de bailar el foxtrot, yo no lo había visto bailar nunca. Luego se dieron un paseo hasta mi casa y se sentaron media hora en los escalones mientras que yo, a petición suya, permanecía de guardia en el jardín: «en caso de que haya un incendio o una inundación o cualquier desastre natural» —explicó ella.

Tom apareció de incógnito cuando nos sentábamos a cenar juntos.

—¿Os importa si como allá con algunas personas? —dijo—. Hay un tipo que está diciendo cosas muy divertidas.

—Adelante —respondió Daisy cordialmente—, y si quieres apuntar alguna dirección ten mi pequeño lápiz dorado... —miró a su alrededor un momento después y me dijo que la chica era «corriente, pero hermosa», y supe que, menos por la media hora que había estado a solas con Gatsby, no se lo estaba pasando bien.

Estábamos en una mesa especialmente bebedora. Eso fue culpa mía; a Gatsby lo habían llamado al teléfono y yo había disfrutado con esa misma gente hacía sólo dos semanas; pero lo que me había divertido entonces se volvió séptico en el aire ahora.

—¿Cómo se siente, señorita Baedeker?

La chica a quien se dirigían intentaba sin éxito recostarse sobre mi hombro. Con esta pregunta se sentó derecha y abrió los ojos.

—¿Q-qué?

Una mujer enorme y aletargada, que había estado presionando a Daisy para jugar al golf con ella mañana en el club local, habló en defensa de la señorita Baedeker:

—Oh, ahora ya está bien. Cuando se toma cinco o seis cócteles empieza siempre a chillar así. Yo le digo que tendría que dejarlo.

—Y lo dejo —afirmó la acusada sin emoción.

—La hemos oído gritar, así que le dije al doctor Civet, aquí presente: «hay alguien que necesita su ayuda, doctor».

—Ella estará muy agradecida, seguro —dijo otra de sus amigas, sin gratitud—, pero le ha mojado todo el vestido cuando le ha metido la cabeza en la piscina.

—Si hay algo que odio es tener la cabeza atascada en una piscina —masculló la señorita Baedeker—, una vez casi me ahogan en Nueva Jersey.

—Entonces tendría que dejarlo —replicó el doctor Civet.

—¡Eso dígalo por usted! —exclamó la señorita Baedeker vehementemente—. Le tiemblan las manos, ¡yo no lo dejaría que me operase!

La cosa era así. Casi lo último que recuerdo era estar con Daisy mirando al director de películas y su estrella. Todavía estaban bajo el ciruelo blanco y sus caras se tocaban salvo por un fino rayito blanco de luz de luna entre ellas. Se me ocurrió que él había estado inclinándose muy despacio hacia ella toda la noche para llegar a estar muy cerca, incluso cuando miré lo vi encorvarse un grado definitivo y besarla en la mejilla.

—Me gusta —dijo Daisy—, me parece encantadora.

Pero lo demás la ofendió, e indiscutiblemente, porque no fue un gesto sino una emoción. Estaba horrorizada por *West Egg,* este «lugar» sin precedentes que Broadway había engendrado sobre un pueblo de pescadores de Long Island... Horrorizada por su fuerza bruta, que la irritaba bajos los viejos eufemismos, y por el destino demasiado avasallador que congregaba a sus habitantes a lo largo de un atajo entre la nada y la nada. Ella veía algo espantoso en la simplicidad misma que no lograba comprender.

Me senté en los escalones de la entrada principal mientras ellos esperaban a que les trajeran su vehículo. En el frente de la casa estaba oscuro, sólo la puerta resplandeciente enviaba un metro cuadrado de luz que se descargaba en la mañana suave y sombría. A veces se movía arriba una sombra recortada sobre las cortinas de un vestidor, daba paso a otra sombra, a una procesión indefinida de sombras que se pintaban los labios y se empolvaban la cara en un espejo invisible.

—De todos modos, ¿quién es este Gatsby? —exigió Tom de pronto—, ¿algún contrabandista de los gordos?

—¿Dónde has oído eso? —pregunté.

—No lo he oído, lo imagino. Muchos de estos nuevos ricos son sólo grandes contrabandistas, ya lo sabes.

—Gatsby, no —dije cortante.

Se quedó callado un momento. Los guijarros del camino de entrada crujían bajo sus pìes.

—Bueno, pues ha debido esforzarse mucho para reunir esta casa de fieras.

Una brisa revolvió la neblina gris del cuello de pieles de Daisy.

—Al menos son más interesantes que la gente que conocemos —dijo ella con esfuerzo.

—Tú no parecías muy interesada.

—Bueno, pues lo estaba.

Tom se rio y se volvió hacia mí.

—¿Te has fijado en la cara de Daisy cuando esa chica le pidió que la pusiera bajo una ducha fría?

Daisy empezó a cantar con la música en un susurro ronco y rítmico, sacándole un significado a cada palabra que no tenía antes y que no volverá a tener otra vez. Cuando la melodía subía, su voz se deshacía dulcemente siguiéndola, de la manera que tienen las voces de contralto, y con cada cambio vertía al aire un poco de su cálida magia humana.

—Vienen montones de personas que no han sido invitadas —dijo ella de repente—; esa chica no estaba invitada. Ellos se cuelan, sencillamente, y él es demasiado educado para oponerse.

—Me gustaría saber quién es y a lo que se dedica —insistió Tom—; y creo que voy a ocuparme de averiguarlo.

—Yo puedo decírtelo ahora mismo —respondió ella—. Fue propietario de varias tiendas generales con farmacia, muchas tiendas de esas. Las construyó él mismo.

La lenta limusina llegó subiendo por el camino de entrada.

—Buenas noches, Nick —dijo Daisy.

Su mirada me dejó y buscó los escalones iluminados donde *Las tres de la mañana,* un pequeño vals pulcro y triste de aquel año, se colaba por la puerta abierta. A fin de cuentas, en la despreocupación misma de la fiesta de Gatsby había posibilidades románticas que estaban totalmente ausentes de su mundo. ¿Qué había en aquella canción que parecía llamarla para que volviera adentro? ¿Qué ocurriría ahora en las tenues horas incalculables? Quizá llegara algún invitado increíble, una persona infinitamente excepcional ante la que maravillarse, alguna joven auténticamente radiante que con una mirada dulce a Gatsby, en un momento de encuentro mágico, pudiera eliminar esos cinco años de inquebrantable devoción.

Esa noche me quedé hasta tarde. Gatsby me pidió que esperase hasta que él quedase libre, y me quedé en el jardín hasta que el inevitable grupo de bañistas había subido de la oscura playa, refrescados y excitados; hasta que las luces se apagaron en las habitaciones de invitados de arriba. Cuando al final él bajo la escalera, su bronceada piel estaba extrañamente tersa en su cara, y sus ojos estaban brillantes y enrojecidos.

—A ella no le ha gustado —dijo inmediatamente.

—Claro que le ha gustado.

—No le ha gustado —insistió—, no se lo ha pasado bien.

Estaba callado y supuse que metido en una depresión inenarrable.

—Me siento muy lejos de ella —dijo—; es difícil hacerle comprender.

—¿Sobre el baile, quieres decir?

—¿El baile? —descartó todos los bailes que había dado con un chasquido de sus dedos—. Amigo, el baile no tiene importancia.

Él quería nada menos que Daisy fuese y le dijera a Tom: «no te he amado nunca». Después de que ella hubiese borrado tres años con esa frase, podrían decidir qué medidas prácticas tomarían. Una de ellas era que, después de que ella fuese libre, irían de vuelta a Louisville y se casarían saliendo de la casa de ella, exactamente como sucedió cinco años antes.

—Y ella no comprende —dijo él—; solía ser capaz de comprender; nos quedábamos sentados hablando durante horas...

Se frenó y empezó a dar pasos arriba y abajo por un desierto sendero de pieles de frutas, prendas desechadas y flores aplastadas.

—Yo no le pediría demasiado —me atreví a decir—; no se puede repetir el pasado.

—¿Que no se puede repetir el pasado? —exclamó incrédulamente—. Vaya, ¡por supuesto que se puede!

Miró a su alrededor alocadamente, como si el pasado acechase en la sombra de su casa justo fuera del alcance de su mano.

—Voy a arreglarlo todo exactamente de la manera que era antes —dijo afirmando decididamente con la cabeza—, ella lo verá.

Habló mucho del pasado y capté que quería recobrar algo, una idea de sí mismo quizá, que se había ido en amar a Daisy. Su vida había sido confusa y desordenada desde entonces, pero si por una vez podía regresar a cierto punto de partida y analizarlo todo despacio, podría averiguar qué era ese algo...

... Una noche de otoño, cinco años antes, habían estado caminando por la calle cuando las hojas caían y llegaron a un lugar donde no había árboles y la acera estaba blanca por la luz de la luna. Allí se detuvieron y se volvieron a mirarse entre sí. Ahora era una noche fría que tenía esa emoción misteriosa que se siente en los dos cambios fundamentales del año. Las calladas luces de las casas resonaban en la oscuridad y había revuelo y bullicio entre las estrellas. Por el rabillo del ojo vio Gatsby que los bloques de la acera formaban realmente una escalera que subía a un lugar secreto por encima de los árboles. Él podía trepar a ese lugar, si lo hacía solo, y una vez allí podría sorber la papilla de la vida y beberse de un trago la leche incomparable del asombro.

Su corazón latía cada vez más rápido mientras la blanca cara de Daisy se acercaba a la suya. Sabía que cuando besase a esa chica, y casara para siempre sus visiones indecibles con el aliento perecedero de ella, su mente no volvería nunca a jugar como la mente de Dios. Así que esperó, escuchando un momento más al diapasón que habían golpeado sobre una estrella. Entonces la besó. Con el toque de sus labios ella se abrió para él como una flor y la encarnación estuvo completa.

Por todo lo que dijo, incluso por su sentimentalismo atroz, me acordé de algo; un ritmo huidizo, un fragmento de palabras perdidas que yo había oído en algún lugar hacía mucho tiempo. Durante un momento una frase intentó formarse en mi boca y mis labios se abrieron como los de un mudo, como si hubiera más lucha en ellos que una voluta de aire sobresaltado. Pero no hicieron sonido alguno y lo que yo estuve a punto de recordar quedó incomunicable para siempre.

CAPÍTULO 7

Fue cuando la curiosidad por Gatsby estaba en su pico más alto: las luces de su casa no se encendieron un sábado por la noche... Y, tan oscuramente como empezó, su carrera como Trimalción[9] terminó.

Yo me di cuenta sólo poco a poco de que los automóviles que se metían con esperanza en su camino de entrada se quedaban sólo un momento y luego se marchaban de mal humor. Me preguntaba si estaba enfermo y fui a averiguarlo. Un mayordomo desconocido con cara de malvado me miró desde la puerta entornando los ojos.

—¿Está enfermo el señor Gatsby?

—No —tras una pausa, añadió «señor» de un modo lento y reticente.

—No lo he visto por aquí y estaba un tanto preocupado. Dígale que el señor Carraway vino a verlo.

—¿Quién? —preguntó con rudeza.

—Carraway.

—Carraway, muy bien, se lo diré —cerró la puerta súbitamente de un portazo.

Mi finlandesa me informó de que Gatsby había despedido a todos los sirvientes de la casa hacía una semana y los remplazó con otra media docena que no iban nunca al pueblo de *West Egg* para que los sobornasen los tenderos, sino que pedían suministros moderados por teléfono. El muchacho que repartía los comestibles informó de que la cocina parecía una pocilga, y la opinión generalizada en el pueblo era que los nuevos no eran sirvientes en absoluto.

Al día siguiente me llamó Gatsby por teléfono.

—¿Es que te vas? —le pregunté.

—No, amigo.

—Me he enterado de que has despedido a todos tus sirvientes.

---

[9] Personaje de *El satiricón*, de Petronio. Es un esclavo liberto que llega al poder y la riqueza por el trabajo duro. *(N. del T.)*

—Quería alguien que no cotillease. Daisy viene muy a menudo... Por las tardes.

De manera que la posada entera había caído como un castillo de naipes ante la desaprobación de la mirada de ella.

—Hay algunas personas por las que Wolfshiem quería hacer algo. Todos son hermanos y hermanas. Antes llevaban un pequeño hotel.

—Ya veo.

Me llamaba a petición de Daisy, ¿quería ir mañana a almorzar a casa de ella? La señorita Baker estaría también. Media hora después me llamó la propia Daisy y pareció aliviada cuando supo que yo iría. Pasaba algo. Y aun así yo no creía que escogiesen la ocasión para montar una escena; sobre todo por la desgarradora escena que Gatsby me había resumido en el jardín.

El día siguiente fue achicharrante, fue casi el último del verano y definitivamente el más caluroso. Cuando mi tren emergía del túnel a la luz del sol, sólo los acalorados pitidos de la National Biscuit Company rompieron el silencio hirviente al mediodía. Los asientos vegetales del vagón rondaban el límite de la combustión; la mujer a mi lado sudó delicadamente por un rato dentro de su blanca blusa, y luego, como el periódico se le mojaba con los dedos, se dejó caer desesperadamente en el profundo calor con un lamento desamparado. Su bolso golpeó contra el suelo.

—¡Ay, vaya! —susurró.

Lo recogí con una inclinación cansada y se lo devolví, lo sujeté aparte todo lo que me daba el brazo y por la punta de una esquina para indicar que no tenía otras intenciones con ello... Pero todos los que estaban cerca, incluso la mujer, dudaron de mí igualmente.

—¡Calor! —dijo el revisor a las caras conocidas— ¡vaya tiempo hace! ¡Calor!, ¡calor!, ¡calor! ¿Hace suficiente calor ya? ¿Hace calor? ¿Está...?

Mi billete de abono volvió a mí con una mancha oscura de su mano. ¡Y que en este calor se preocupe alguien de quién sean los labios que besa, o de quién es la cabeza que humedece el bolsillo del pijama sobre el corazón!

... Por el recibidor de la casa de los Buchanan corría un viento débil que llevaba hacia afuera el sonido del timbre del teléfono a Gatsby y a mí, que esperábamos en la puerta.

—¡El cuerpo del señor! —rugió el mayordomo en la bocina del teléfono—. Lo siento, señora, pero no podemos suministrarlo... ¡Hace demasiado calor este mediodía para tocarlo!

Lo que dijo realmente fue:

—Sí..., sí..., lo veré.

Colgó el aparato y vino hacia nosotros, reluciendo ligeramente, para encargarse de nuestros tiesos sombreros de paja.

—¡La señora les espera en el salón! —gritó indicando innecesariamente el camino. En este calor, todo gesto adicional era un agravio a las reservas cotidianas de la vida.

La sala, sombreada con los toldos exteriores, estaba oscura y fresca. Daisy y Jordan estaban echadas sobre un sofá enorme, como ídolos de plata, sujetando sus blancos vestidos por la brisa cantarina de los ventiladores.

—No podemos ni movernos —dijeron a la vez.

Los dedos de Jordan, empolvados de blanco sobre su bronceado, se apoyaron un momento en los míos.

—¿Y nuestro atleta, el señor Thomas Buchanan? —pregunté.

Al mismo tiempo oí su voz, áspera, amortiguada y ronca en el teléfono del vestíbulo.

Gatsby estaba de pie en el centro de la alfombra carmesí y miraba alrededor con ojos fascinados. Daisy lo miraba y reía con su risa dulce y excitante; una diminuta ráfaga de polvos subió al aire desde su pecho.

—Dice el rumor —susurró Jordan—, que es la chica de Tom quien está al teléfono.

Estábamos en silencio. La voz del vestíbulo subió de irritación.

—Pues muy bien, entonces no le venderé el automóvil para nada... No estoy obligado en absoluto con usted... ¡Y no toleraré para nada que me haya molestado a la hora del almuerzo!

—Tiene el auricular tapado —dijo Daisy cínicamente.

—No, no lo hace —le aseguré—. Es un trato de buena fe. Lo sé por casualidad.

Tom abrió la puerta, por un momento bloqueó el hueco con su gran cuerpo y se apresuró a entrar en la sala.

—¡Señor Gatsby! —tendió su ancha mano plana con un desagrado muy oculto—. Me alegro de verlo, señor... Nick...

—Haznos una bebida fría —exclamó Daisy.

Cuando salió otra vez de la sala, ella se levantó, fue hacia Gatsby, tiró de su cara hacia abajo y lo besó en la boca.

—Sabes que te amo —murmuró.

—Te olvidas de que hay una dama presente —dijo Jordan.

Daisy miró a su alrededor dubitativamente.

—Tú besa a Nick también.

—¡Qué chica más rastrera y vulgar eres!

—¡No me importa! —exclamó Daisy, y empezó a bailotear sobre los ladrillos de la chimenea. Entonces se acordó del calor y se sentó con sentimiento de culpa en el sofá, justo cuando una niñera recientemente lavada entró en la sala con una niñita en la mano.

—Ben-di-tay-pre-cio-sa —canturreó, tendiéndole los brazos—, ven con tu madre que te quiere.

La criatura, liberada por la enfermera, cruzó corriendo la sala y se sumergió tímidamente en el vestido de su madre.

—¡La ben-di-tay-pre-cio-sa! ¿Te ha empolvado tu mamá tu cabello amarillo? Ahora ponte de pie y di «cómo están ustedes».

Gatsby y yo nos inclinamos por turno y agarramos la pequeña mano reticente. Después siguió mirando con sorpresa a la niña. Creo que él no había pensado realmente que existiera.

—Me han vestido antes del almuerzo —dijo la niña, que se volvió entusiasmada a Daisy.

—Eso ha sido porque tu mamá quería presumir de ti —su cara se dobló sobre la única arruga del pequeño cuello blanco—. Tú eres un sueño, un auténtico sueño.

—Sí —reconoció la niña con calma—, la tía Jordan también se ha puesto un vestido blanco.

—¿Te gustan los amigos de mamá? —Daisy hizo que se diese la vuelta de modo que mirase a Gatsby—, ¿crees que son lindos?

—¿Dónde está papi?

—Ella no se parece a su padre —explicó Daisy—, se parece a mí. Tiene mi cabello y mi tipo de cara.

Daisy se reclinó hacia atrás en el sofá. La niñera dio un paso adelante y tendió una mano a la niña.

—Ven, Pammy.

—¡Adiós, cariño!

Con una mirada reticente hacia atrás, la obediente niña se agarró a la mano de su niñera, quien la sacó por la puerta justo cuando volvía Tom, que llevaba por delante cuatro ginebras con soda y zumo de lima que tintineaban llenas de hielo.

Gatsby agarró su bebida.

—Desde luego parecen frías —dijo con visible tensión.

Bebimos a largos tragos codiciosos.

—He leído en alguna parte que el sol se está poniendo más caliente cada año —dijo Tom cordialmente—, parece que muy pronto la tierra va a caer dentro del sol —o espera un momento, es justo lo contrario, el sol se está poniendo más frío cada año.

—Ven afuera —le sugirió a Gatsby—, me gustaría que le echases un vistazo al lugar.

Salí con ellos al porche. Sobre el verde estrecho, estancado en el calor, una vela pequeña reptaba lentamente hacia el mar, más fresco. Los ojos de Gatsby la siguieron por un momento, levantó la mano y señaló a través de la bahía.

—Estoy justamente frente a vosotros.

—En efecto.

Nuestros ojos se elevaron sobre las rosaledas y el caliente césped y los desechos llenos de hierbajos de la canícula a lo largo de la costa. Las blancas alas del barco se movían lentamente contra el frío límite azul del cielo. Al frente, el océano ondeante y las abundantes islas bendecidas.

—Eso sí que es un deporte —dijo Tom asintiendo con la cabeza—, me gustaría estar en ese barco una hora o así.

Tuvimos el almuerzo en el comedor, oscurecido también contra el calor, y bebimos cerveza fría con nerviosa alegría.

—¿Qué vamos a hacer de nosotros esta tarde? —exclamó Daisy—, ¿y el día de después, y los próximos treinta años?

—No seas morbosa —dijo Jordan—; la vida empieza una vez más cuando se pone fresca en el otoño.

—Pero es que hace tantísimo calor... —insistió Daisy a punto de echarse a llorar—, y todo es tan confuso. ¡Vámonos todos a la ciudad!

Su voz forcejeaba con el calor, se golpeaba contra él moldeando en formas su falta de sentido.

—He oído que se hacen garajes de establos —le decía Tom a Gatsby—, pero yo soy el primer hombre que alguna vez haya hecho un establo de un garaje.

—¿Quién quiere ir a la ciudad? —requirió Daisy insistentemente y los ojos de Gatsby flotaron hacia ella—. ¡Ah! —exclamó—, ¡qué buen aspecto tienes!

Sus ojos se encontraron y se miraron uno al otro, solos en el espacio. Haciendo un esfuerzo, ella bajó la mirada hacia la mesa.

—Tú siempre tienes muy buen aspecto —repitió.

Ella le había dicho a Gatsby que lo amaba, y Tom Buchanan lo vio y se quedó estupefacto. Su boca se abrió ligeramente y miró a Gatsby, y luego otra vez a Daisy como si acabase de reconocerla como alguien a quien conoció mucho tiempo atrás.

—Te pareces al anuncio ese del hombre —siguió ella inocentemente—; ya sabes, el anuncio del hombre...

—Muy bien —interrumpió Tom rápidamente—, estoy perfectamente dispuesto a ir a la ciudad. Vamos... Nos vamos todos a la ciudad.

Se puso en pie con los ojos todavía proyectándose entre Gatsby y su esposa. No se movió nadie.

—¡Vamos! —su temperamento empezó a resquebrajarse un poco—, pero bueno, ¿qué pasa? Si vamos a ir a la ciudad pongámonos en marcha.

Su mano, que temblaba por el esfuerzo de autocontrolarse, llevó a sus labios lo que quedaba de su vaso de cerveza. La voz de Daisy nos hizo levantarnos y salir al abrasador camino de gravilla.

—¿Vamos a irnos ahora mismo? —protestó—. ¿Así? ¿Es que no vamos a dejar que primero nos fumemos un cigarrillo?

—Todo el mundo ha fumado durante el almuerzo.

—Ay, vamos a divertirnos —le suplicó ella—, hace demasiado calor para líos.

Él no respondió.

—Como tú quieras —dijo ella—. Vamos, Jordan.

Fueron arriba a prepararse mientras los tres hombres nos quedamos allá revolviendo guijarros con los pies. La curva de plata de la luna se cernía ya en el cielo del oeste. Gatsby empezó a hablar pero cambió de opinión, no antes de que Tom se girase y le hiciera frente con expectación.

—¿Tienes tus establos por aquí? —preguntó Gatsby haciendo un esfuerzo.

—A unos cuatrocientos metros carretera abajo.

—Oh.

Pausa.

—No le veo el punto a ir a la ciudad —estalló Tom violentamente—; a las mujeres se les meten esas ideas en la cabeza...

—¿Nos llevamos algo para beber? —dijo en voz alta Daisy desde una ventana de arriba.

—Voy por wiski —respondió Tom, y se fue para adentro.

Gatsby se volvió hacia mí rígidamente.

—No puedo decir nada en la casa de él, amigo.

—Ella tiene una voz muy indiscreta —comenté—; está llena de...

Vacilé.

—Su voz está llena de dinero —dijo de pronto.

Eso era. Yo no lo había comprendido hasta entonces. Su voz estaba llena de dinero; ese era el encanto inagotable que subía y bajaba en ella, su tintineo, el tono de címbalos que había en ella... En su elevado palacio blanco la hija del rey, la muchacha de oro...

Tom salió de la casa envolviendo una botella de litro con una toalla[10], seguido de Daisy y de Jordan, que llevaban sombreritos apretados de tela metalizada y unas capas ligeras sobre los hombros.

—¿Vamos todos en mi vehículo? —sugirió Gatsby. Notó que el cuero verde del asiento estaba muy caliente—. Tendría que haberlo dejado a la sombra.

—¿Es de cambio de marchas corriente?

—Sí.

—Bueno, pues entonces tú encárgate de mi cupé y deja que yo lleve tu automóvil a la ciudad.

La solución no le gustó a Gatsby.

—Creo que no tiene mucha gasolina —objetó.

—Está lleno —dijo Tom exageradamene. Miró el indicador—, y si nos quedamos sin ella puedo detenerme en una de esas farmacias con tienda. Ahora se puede comprar de todo en esas farmacias.

Una pausa siguió a este comentario aparentemente inútil. Daisy miró a Tom frunciendo el ceño y una expresión indefinible, que era

---

[10] Precaución debida a que la Prohibición (la Ley Seca) estaba en vigor. *(N. del T.)*

claramente desconocida y a la vez vagamente reconocible (como si yo sólo la hubiera oído descrita en palabras), pasó por la cara de Gatsby.

—Vamos, Daisy —dijo Tom empujándola con la mano hacia el vehículo de Gatsby—, voy a llevarte en este vagón de circo.

Él abrió la puerta, pero ella se salió del círculo de su brazo.

—Tú llévate a Nick y a Jordan. Nosotros te seguiremos en el cupé.

Ella se acercó a Gatsby y tocó su chaqueta con la mano. Jordan, Tom y yo nos pusimos en el asiento delantero del automóvil de Gatsby, Tom empujó la desconocida palanca de cambios con indecisión y salimos disparados en el calor opresivo, dejándolos fuera de la vista detrás de nosotros.

—¿Habéis visto eso? —preguntó Tom.

—¿Qué?

Me miró intensamente, dándose cuenta de que Jordan y yo debíamos haberlo sabido todo el tiempo.

—Vosotros creéis que soy bastante tonto, ¿verdad? —insinuó—; quizá lo sea, pero tengo una... Casi una segunda visión, a veces, que me dice lo que hacer. Es posible que no lo creáis, pero la ciencia...

Hizo una pausa. La contingencia inmediata lo sobrepasó y lo hizo retirarse del borde del abismo teórico.

—He realizado una pequeña investigación sobre este hombre —continuó—, podría haber ido más a fondo de haber sabido...

—¿Quieres decir que has visitado a una médium? —preguntó Jordan con humor.

—¿Qué? —confundido, nos miró mientras nos reíamos—. ¿Una médium?

—Sobre Gatsby.

—¡Sobre Gatsby! No, no lo he hecho. He dicho que he estado realizando una pequeña investigación sobre su pasado.

—Y has averiguado que es un hombre de Oxford —dijo Jordan amablemente.

—¡Un hombre de Oxford! —estaba incrédulo—, ¡Oxford, las narices! ¡Si se pone trajes rosa![11]

—Con todo y eso es un hombre de Oxford.

—Sí, de Oxford, New Mexico —resopló Tom con desprecio—, o algo por el estilo.

---

[11] En la época, un caballero educado de clase alta no llevaba jamás un traje rosa. *(N. del T.)*

—Mira, Tom; si eres tan clasista, ¿por qué lo has invitado a almorzar? —preguntó Jordan con enojo.

—Lo invitó Daisy; ella lo conoció antes de que nos casásemos... ¡Sabe Dios dónde!

En ese momento estábamos todos irritables porque se disipaba el efecto de la cerveza, y conscientes de ello viajamos un rato en silencio. Luego, cuando aparecieron a la vista en la carretera los ojos desteñidos del doctor T. J. Eckleburg, me acordé de la advertencia de Gatsby sobre la gasolina.

—Tenemos la suficiente para llevarnos a la ciudad —dijo Tom.

—Pero tenemos un taller de servicio aquí mismo —protestó Jordan—, no quiero quedarme tirada en este calor achicharrante.

Tom tiró de los dos frenos con impaciencia y nos detuvimos abrupta y polvorientamente bajo el cartel de Wilson. Un momento después, el propietario emergió del interior de su establecimiento y miró al automóvil con ojos hundidos.

—¡Pónganos gasolina! —exclamó Tom bruscamente—. ¿Para qué cree que nos hemos detenido, para admirar la vista?

—Estoy enfermo —dijo Wilson sin moverse—, llevo todo el día enfermo.

—¿Qué le pasa?

—Estoy completamente agotado.

—Bueno, ¿me sirvo yo mismo, entonces? —requirió Tom—. Usted parecía estar bastante bien al teléfono.

Con un esfuerzo, Wilson dejó la sombra y el apoyo de la puerta y, con respiración difícil, desenroscó el tapón del depósito. A la luz del sol su cara estaba verde.

—No tenía intención de interrumpir su almuerzo —dijo—, pero tengo mucha necesidad de dinero y me preguntaba qué va a hacer con su viejo automóvil.

—¿Le gusta este? —preguntó Tom—, lo compré la semana pasada.

—Es un bonito color amarillo —dijo Wilson mientras se ocupaba de la palanca del surtidor.

—¿Le gustaría comprarlo?

—Es una buena oportunidad —Wilson sonrió débilmente—, no, pero podría ganar algo de dinero con el otro.

—¿Para qué quiere el dinero, tan de repente?

—He estado aquí demasiado tiempo, quiero marcharme. Mi mujer y yo queremos ir al oeste.

—¡Que su mujer quiere ir al oeste! —exclamó Tom, sorprendido.

—Lleva diez años hablando de eso —descansó un momento apoyándose en el surtidor y se hizo sombra sobre los ojos con la mano—, y ahora se va, tanto si quiere como si no. Voy a llevármela lejos.

El cupé pasó rápidamente junto a nosotros con una ráfaga de polvo y el destello de una mano que saludaba.

—¿Cuánto le debo? —requirió Tom ásperamente.

—Me he estado dando cuenta de algo raro en estos dos últimos días —comentó Wilson—, por eso quiero marcharme. Por eso he estado molestándolo con lo del automóvil.

—¿Cuánto le debo?

—Un dólar veinte.

El incansable golpeteo del calor estaba empezando a confundirme y pasé un mal rato allá antes de darme cuenta de que hasta ahora las sospechas de Wilson no habían recaído sobre Tom. Había descubierto que Myrtle tenía una especie de vida en otro mundo aparte de él y el golpe lo había puesto físicamente enfermo. Lo miré a él y luego a Tom, quien había hecho un descubrimiento paralelo menos de una hora antes, y se me ocurrió que no hay una diferencia, ni de inteligencia ni de raza, tan profunda entre los hombres como la que hay entre los enfermos y los sanos. Wilson estaba tan enfermo que parecía culpable, imperdonablemente culpable... Como si acabase de dejar embarazada a una pobre chica.

—Le venderé ese automóvil —dijo Tom—, se lo enviaré mañana por la tarde.

Aquella zona era siempre vagamente inquietante, hasta bajo el amplio resplandor del mediodía, y en ese momento giré la cabeza como si me hubiesen avisado de que había algo detrás. Sobre los montones de ceniza los ojos gigantes del doctor T. J. Eckleburg mantenían su vigilancia, pero tras un momento percibí que nos miraban otros ojos con extraña intensidad desde menos de seis metros de distancia.

En una de las ventanas que había sobre el taller las cortinas se habían abierto un poco y Myrtle Wilson miraba al automóvil de abajo. Tan ensimismada estaba que no tuvo consciencia de que la observaban, y en su cara fue pasando una emoción tras otra, como los objetos de una fotografía en el baño revelador. Su expresión me resultaba extrañamente conocida, era una expresión que he visto a menudo en las caras de las mujeres, pero en la de Myrtle Wilson parecía que no tuviese sentido y fuese inexplicable, hasta que me di cuenta de que sus ojos, abiertos de celoso terror, no estaban fijos en Tom, sino en Jordan Baker, a quien ella había considerado como su esposa.

No hay confusión mayor que la de una mente simple, y mientras nos alejábamos en el automóvil Tom sentía los ardientes latigazos del pánico. Su esposa y su amante, hasta una hora antes seguras e intactas, se escurrían precipitadamente de su control. El instinto le hizo apretar el acelerador con la doble intención de adelantar a Daisy y de dejar atrás a Wilson, y aceleramos hacia Astoria a ochenta kilómetros por hora, hasta que entre la maraña de delgadas vigas del ferrocarril elevado tuvimos a la vista el relajado cupé azul.

—Esas grandes salas de cine por la calle 50 son frescas —insinuó Jordan—. Me encanta Nueva York las tardes de verano, cuando se ha ido todo el mundo. Hay algo muy sensual en la ciudad... Algo demasiado maduro, como si toda clases de frutas extrañas fuesen a caerle a una en las manos.

La palabra «sensual» tuvo el efecto de inquietar aún más a Tom, pero antes de que pudiese inventarse una protesta el cupé se detuvo y Daisy nos hizo seña de que nos pusiéramos a su lado.

—¿Adónde vamos? —exclamó.

—¿Qué tal al cine?

—Hace tantísimo calor... —se quejó ella—. Id vosotros, nosotros daremos una vuelta en el automóvil por ahí y después nos reuniremos con vosotros —hizo un esfuerzo y su ingenio subió ligeramente—; nos reuniremos en alguna esquina; yo seré el hombre que fuma dos cigarrillos.

—No podemos ponernos a discutir de eso aquí —dijo Tom con impaciencia cuando un camión soltó un pitido maldiciéndonos desde atrás—, seguidme a la parte sur de Central Park, frente al hotel Plaza.

Tom volvió varias veces la cabeza a mirar para atrás buscando su automóvil, y si el tráfico los retrasaba, él iba más despacio hasta que estaban a la vista. Creo que tenía miedo de que se metiesen a toda velocidad por una calle lateral y saliesen de su vida para siempre.

Pero no lo hicieron. Y todos dimos el poco explicable paso de alquilar la sala de una *suite* del hotel Plaza.

No recuerdo la prolongada y tumultuosa discusión que terminó por meternos en manada en aquella sala, aunque tengo un agudo recuerdo físico de que en su transcurso mi ropa interior trepaba como una serpiente empapada por mis piernas y que perlas intermitentes de sudor me corrían frescas por la espalda. La idea se originó por la sugerencia de que alquilásemos cinco cuartos de baño y nos diéramos baños fríos, y luego adoptó una forma más tangible como «un sitio donde tomarnos un julepe de menta». Cada uno de nosotros dijo una y otra vez que era «una idea muy loca»... Todos nosotros le hablamos a la vez a un desconcertado recepcionista y todos creímos, o fingíamos creer, que éramos muy divertidos...

La sala era grande y sofocante, y aunque ya eran las cuatro abrir las ventanas sólo dejaba entrar unas ráfagas de los arbustos calientes del parque. Daisy fue al espejo y de pie dándonos la espalda se puso a arreglarse el cabello.

—Es una *suite* estupenda —susurró Jordan respetuosamente y todo el mundo se rio.

—Abrid otra ventana —ordenó Daisy sin darse la vuelta.

—Ya no hay más.

—Pues será mejor que llamemos por teléfono y pidamos un hacha...

—Lo que hay que hacer es olvidarse del calor —dijo Tom impacientemente—, lo hacéis diez veces peor quejándoos de él.

Desenvolvió la botella de wiski de la toalla y la puso sobre la mesa.

—¿Por qué no la dejas en paz, amigo? —comentó Gatsby—. Tú eres quien quiso que viniésemos a la ciudad.

Hubo un momento de silencio. La guía de teléfonos se soltó de su soporte y se aplastó contra el suelo, con lo que Jordan susurró «perdone», pero esta vez no se rio nadie.

—Yo la recojo —me ofrecí.

—La tengo —dijo Gatsby.

Él examinó la cuerda que se había partido, musitó «¡ommm!» en forma interesada, y arrojó el libro sobre una silla.

—Esa es una gran expresión suya, ¿no? —dijo Tom mordazmente.

—¿Qué expresión es?

—Todo eso de «amigo», ¿de dónde se la has sacado?

—Mira, Tom —dijo Daisy dándose la vuelta en el espejo—, si vas a empezar a hacer comentarios personales no me quedaré aquí ni un minuto más. Llama y pide hielo para el julepe de menta.

Cuando Tom levantó el auricular, el calor comprimido explotó en ruido, y estábamos escuchando los acordes portentosos de la Marcha Nupcial de Mendelssoh en la sala de baile de abajo.

—Imagínate: ¡casarse con este calor! —exclamó Jordan sombríamente.

—Pero... Yo me casé a mediados de junio —recordó Daisy—. ¡Louisville en junio! Alguien se desmayó. ¿Quién fue el que se desmayó, Tom?

—Biloxi —respondió cortante.

—Un hombre llamado Biloxi, «Bloques» Biloxi, y hacía cajas —eso es auténtico—, y era de Biloxi, Tennessee.

—Lo llevaron a mi casa —añadió Jordan—, porque vivíamos justo a dos puertas de la iglesia. Y se quedó tres semanas, hasta que papá le dijo que tenía que marcharse. El día después de que se fuera, papá murió —al rato añadió como si hubiese sonado irreverente—: no había ninguna relación entre las dos cosas.

—Yo conocía a Bill Biloxi, de Memphis —comenté.

—Ese era primo suyo. Yo ya sabía la historia entera de su familia antes de que se marchase. Me dio un palo de golf de aluminio que todavía utilizo.

La música se apagó cuando empezó la ceremonia, y ahora una larga aclamación se coló flotando por la ventana, seguida de gritos intermintentes, «Sí, sí, sí», y por último una explosión de música de *jazz* cuando empezó el baile.

—Nos estamos haciendo viejos —dijo Daisy—, si fuéramos jóvenes nos levantaríamos y bailaríamos.

—Acuérdate de Biloxi —la advirtió Jordan—, ¿de dónde lo conoces, Tom?

—¿Biloxi? —se concentró haciendo un esfuerzo—. Yo no lo conocí, él era amigo de Daisy.

—No, no lo era —negó ella—; yo no lo había visto nunca. Vino en el vagón privado.

115

—Pues él dijo que te conocía. Dijo que se había criado en Louisville. Asa Bird lo trajo en el último minuto y preguntó si teníamos sitio para él.

Jordan sonrió.

—Probablemente estaba gorroneando su vuelta a casa. Me dijo que era el presidente de tu clase en Yale.

Tom y yo nos miramos uno a otro sin entender.

—¿Biloxi?

—En primer lugar, no teníamos ningún presidente...

El pie de Gatsby marcaba un ritmo corto e inquieto tamborileo y Tom lo miró de repente.

—A propósito, señor Gatsby, tengo entendido que es usted un hombre de Oxford.

—No exactamente.

—Oh, sí, entiendo que usted fue a Oxford.

—Sí, allá fui.

Se produjo una pausa. Luego se oyó la voz incrédula e insultante de Tom.

—Debe haber ido allá más o menos en la época que Biloxi fue a New Haven.

Otra pausa. A la puerta llamó un camarero y entró con hielo y menta machacada, pero el silencio no se rompió por su «gracias» ni por su suave cierre de la puerta. Este detalle extraordinario iba a aclararse al final.

—He dicho que fui a Oxford —dijo Gatsby.

—Lo he oído, pero me gustaría saber cuándo.

—Fue en 1919, sólo me quedé cinco meses. Por eso no puedo llamarme realmente un hombre de Oxford.

Tom miró alrededor para ver si nos hacíamos eco de su incredulidad; pero todos mirábamos a Gatsby.

—Fue una oportunidad que nos dieron a algunos oficiales después del Armisticio —siguió—, podíamos acudir a cualquier universidad de Inglaterra o de Francia.

Yo quería levantarme y palmearle la espalda. Tuve una de esas renovaciones de fe completa en él que ya había experimentado antes.

Daisy se levantó, sonriendo levemente, y fue a la mesa.

—Abre el wiski, Tom —ordenó—, y os haré unos julepes de menta. Luego ya no te parecerás tan estúpido... ¡Mira cuánta menta quieres que te ponga!

—Espera un momento —se apresuró a decir Tom—, quiero hacerle al señor Gatsby una pregunta más.

—Adelante —dijo Gatsby cortésmente.

—¿Qué clase de bronca está intentando crear en mi casa?

Al fin hablaban claramente y Gatsby estaba contento.

—Él no está causando una bronca —Daisy miraba de uno a otro desesperadamente—, eres tú quien está causando una bronca. Ten un poco de autocontrol, por favor.

—¡Que tenga autocontrol! —repitió Tom incrédulamente—. Supongo que lo último será que me siente cómodamente y deje que el señor Cualquiera, de Cualquiersitio, le haga el amor a mi mujer. Pues si esa es la idea no cuentes conmigo... Hoy día las gentes empiezan por burlarse de la vida familiar y de las instituciones familiares y lo siguiente será que lo echen todo por la borda y se casen entre blancos y negros.

Eufórico por su galimatías apasionado, se veía a sí mismo alzándose sólo sobre la última barrera de la civilización.

—Aquí todos somos blancos —murmuró Jordan.

—Sé que no soy muy popular. No doy grandes fiestas. Supongo que habrá tenido que transformar su casa en una pocilga para tener amigos... En el mundo moderno.

Yo estaba enfadado, todos lo estábamos, y estaba tentado a reírme cada vez que él abriese la boca. La transición de libertino a mojigato estaba completa.

—Tengo algo que decirle, amigo... —empezó Gatsby; pero Daisy adivinó su intención.

—¡Por favor, no lo hagas! —interrumpió sin poder contenerse—. Vámonos todos a casa, por favor. ¿Por qué no nos vamos todos a casa?

—Eso es una buena idea —me levanté—; vamos, Tom, nadie quiere una bebida.

—Quiero saber lo que el señor Gatsby tiene que decirme.

—Que su esposa no lo ama —dijo Gatsby—, que no lo ha amado nunca. Ella me ama a mí.

—¡Usted está loco! —exclamó automáticamente Tom.

117

Gatsby se puso en pie de un salto, vigoroso de agitación.

—Ella nunca lo ha amado, ¿se entera? —gritó—. Ella sólo se casó con usted porque yo era pobre y ella estaba cansada de esperarme. ¡Fue un error terrible, pero en su corazón no amó a nadie más que a mí!

En ese momento Jordan y yo intentamos irnos, pero Tom y Gatsby insistieron compitiendo en firmeza que nos quedásemos... Como si ninguno de ellos tuviese nada que ocultar y fuese un privilegio compartir sus emociones indirectamente.

—Siéntate, Daisy —la voz de Tom buscó sin éxito la nota paternal—. ¿Qué ha estado pasando? Quiero saberlo todo.

—Ya le he dicho lo que ha estado pasando —dijo Gatsby—. Y ha estado pasando durante cinco años... Sin que se enterase.

Tom se volvió a Daisy bruscamente.

—¿Has estado viendo a este hombre durante cinco años?

—Viendo, no —dijo Gatsby—; no, no podíamos reunirnos; pero los dos nos hemos amado todo este tiempo, amigo, y usted no lo sabía. A veces solía reírme... —pero no había risa en sus ojos— al pensar que usted no lo sabía.

—Oh... eso es todo —Tom entrelazó sus gruesos dedos como un clérigo y se echó para atrás en su asiento—. ¡Usted está loco! —explotó—. No puedo hablar de lo que sucedió hace cinco años porque por entonces yo no conocía a Daisy... Pero que me condenen si entiendo cómo se acercó usted a ella a menos de un kilómetro de no ser que trajese usted los comestibles a la puerta trasera; pero todo lo demás es una maldita mentira. Daisy me amaba cuando se casó conmigo y me ama ahora.

—No —dijo Gatsby moviendo la cabeza.

—Pero lo hace. El problema es que a veces tiene ideas ridículas en la cabeza y no sabe lo que hace —asintió con la cabeza sabiamente—; y además, yo también amo a Daisy. De cuando en cuando salgo de juerga y hago estupideces, pero siempre vuelvo y en mi corazón la amo continuamente.

—Eres repulsivo —dijo Daisy. Ella se volvió hacia mí y su voz, que había bajado una octava, llenó la sala de desprecio emocionante—. ¿Sabes por qué nos marchamos de Chicago? Me sorprende que no os hayan obsequiado con la historia de aquella juerguecita.

Gatsby se acercó y se quedó junto a ella.

—Daisy, todo ha terminado ya —dijo con seriedad—; ya no importa. Dile la verdad —que tú no lo has amado nunca—, y todo quedará borrado para siempre.

Ella lo miró sin pensar.

—Vaya... ¿Cómo habría sido posible... que lo amase?

—Tú jamás lo amaste.

Ella vaciló. Sus ojos cayeron en Jordan y en mí con una especie de súplica, como si al final se hubiese dado cuenta de lo que estaba haciendo... Como si nunca en todo este tiempo hubiese tenido intención de hacer nada en absoluto. Pero ahora estaba hecho; era demasiado tarde.

—Yo no lo he amado nunca —dijo con visible reticencia.

—¿Ni siquiera en Kapiolani? —exigió Tom de repente.

—No.

Desde la sala de baile de abajo, acordes amortiguados y asfixiantes se amontonaban sobre ardientes oleadas de aire.

—¿Y tampoco ese día que te llevé a cuestas desde la Punch Bowk para que no se te mojasen los zapatos? —había como una ronca ternura en su tono— ... ¿Daisy?

—No, por favor —su voz era fría, pero el rencor había desaparecido de ella. Miró a Gatsby—: ahí lo tienes, Jay —dijo ella— pero le temblaba la mano cuando intentó encender un cigarrillo. De repente arrojó el cigarrillo y la cerilla encendida a la alfombra.

—¡Ay, es que tú quieres demasiado! —gritó Daisy—.Yo te amo ahora... ¿No basta con eso? No puedo hacer nada por lo que es pasado —empezó a sollozar sin poder contenerse—; a él lo amé una vez, pero también te amaba a ti.

Los ojos de Gastby se abrieron y se cerraron.

—¿Que tú me amabas *también?* —repitió él.

—Hasta eso es mentira —dijo Tom brutalmente—, ella ni sabía que usted estuviese vivo. Vaya, hay cosas entre Daisy y yo que usted no conocerá nunca, cosas que ninguno de nosotros dos podrá olvidar jamás.

Parecía que las palabras mordían físicamente a Gatsby.

—Quiero hablar con Daisy a solas —insistió él—, ahora está muy excitada...

—Ni siquiera a solas puedo decir que no amé nunca a Tom —reconoció con voz lastimera—, no sería verdad.

—Por supuesto que no sería verdad —coincidió Tom.

Ella se volvió hacia su marido.

—Como si a ti te importase —dijo ella.

—Claro que me importa. Voy a cuidarte mejor de ahora en adelante.

—Usted no lo comprende —dijo Gatsby con una pizca de miedo—, ya no va a cuidar de ella.

—¿Ah, no? —Tom abrió los ojos como platos y se rio. Ahora podía darse el lujo de controlarse—, ¿y por qué es eso?

—Daisy va a dejarlo.

—Tonterías.

—Pero voy a hacerlo —dijo ella con esfuerzo visible.

—¡Ella no va a dejarme! —las palabras de Tom se dirigieron a Gatsby—, y menos por un vulgar estafador que tendría que robar el anillo que le ponga en el dedo.

—¡No voy a aguantar eso! —exclamó Daisy—. Oh, por favor, salgamos fuera.

—¿Y quién es usted, en todo caso? —saltó Tom—. Usted es uno del montón que se junta con Meyer Wolfshiem; ocurre que sé todo eso. He hecho una pequeña investigación sobre los asuntos de usted, y seguiré con ella mañana.

—Puede usted hacer lo que quiera con eso, amigo —dijo Gatsby con firmeza.

—He averiguado lo que eran sus farmacias con tienda —se volvió hacia nosotros y habló rápidamente—. Él y ese Wolfshiem compraron muchas tiendas en calles secundarias de aquí y de Chicago y vendían alcohol de cereal libremente[12]. Esa es una de sus pequeñas estratagemas. La primera vez que lo vi dije que era un contrabandista, y no me equivoqué en mucho.

—¿Y qué pasa con eso? —dijo Gatsby educadamente—. Supongo que su amigo Walter Chase no fue tan orgulloso como para no meterse en ello.

—Y lo dejó en la estacada, ¿verdad que sí? Consintió que fuese a la cárcel más de un mes en Nueva Jersey. ¡Ay, Dios! Tendría que oír a Walter hablando de usted.

---

[12]   Por la Ley Seca, o Prohibición de la elaboración, venta y consumo de alcohol. *(N. del T.)*

—Él vino a nosotros completamente arruinado. Muy contento estaba de recolectar algo de dinero, amigo.

—¡No me llame «amigo»! —gritó Tom. Gatsby no dijo nada—. Walter podría haberlos denunciado por las leyes sobre apuestas también, pero Wolfshiem lo asustó para que cerrase la boca.

La desconocida aunque reconocible mirada estaba otra vez en la cara de Gatsby.

—El negocio de las farmacias con tienda era sólo calderilla —siguió Tom despacio—, pero ahora anda en algo que Walter tiene miedo de decirme.

Le eché un ojo a Daisy, que aterrorizada miraba entre Gatsby y su marido, y a Jordan, quien había empezado a equilibrar un objeto invisible y absorbente en la punta de su barbilla. Luego me volví otra vez a Gatsby, y me quedé asustado de su expresión. Parecía —y esto sea dicho con todo desprecio por los murmullos de las calumnias en su jardín— como si hubiese «matado a un hombre». Por un momento, el conjunto de su cara pudo describirse de esa manera fantástica.

Aquello pasó y Gatsby empezó a hablar con excitación a Daisy, negándolo todo, defendiendo su nombre contra acusaciones que no se habían hecho; pero con cada palabra ella se retiraba cada vez más en sí misma, así que desistió y sólo el sueño muerto siguió luchando mientras la tarde se apagaba, intentando tocar lo que ya no era tangible, luchando tristemente, sin desesperar, hacia aquella voz perdida al otro lado de la sala.

La voz rogó otra vez para irse.

—¡Por favor, Tom! Ya no aguanto esto más.

Sus ojos aterrados manifestaron que cualquier intención y cualquier valor que hubiese tenido habían desaparecido definitivamente.

—Vosotros dos id a casa, Daisy —dijo Tom—, en el automóvil del señor Gatsby.

Ella, alarmada ahora, miró a Tom, pero él insistió con magnánimo desprecio.

—Adelante. Él no te molestará. Creo que se ha dado cuenta de que su atrevido pequeño coqueteo se ha terminado.

Se marcharon, sin decir una palabra, quitados de encima, convertidos en fortuitos, aislados como fantasmas hasta de nuestra compasión.

Tras un momento, Tom se levantó y empezó a envolver con la toalla la botella de wiski sin abrir.

—¿Queréis algo? ¿Jordan? ¿Tú, Nick?

No respondí.

—¿Nick? —volvió a preguntar.

—¿Qué?

—¿Quieres?

—No... Acabo de acordarme de que hoy es mi cumpleaños.

Cumplía treinta. Ante mí se extendía la carretera portentosa y amenazadora de una década nueva.

Eran las siete cuando nos metimos en el cupé con él y salíamos hacia Long Island. Tom hablaba sin parar, regocijado y riéndose, pero su voz estaba tan lejos de Jordan y de mí como el vocerío exterior en la acera o el tumulto del tren elevado sobre nuestras cabezas. La conmiseración humana tiene sus límites y nos contentábamos con dejar que se desvaneciesen todos sus trágicos argumentos como las luces de la ciudad atrás. Treinta: la promesa de una década de soledad, de una lista menguante de hombres solteros que conocer, de un menguante maletín de entusiasmo, de menguante cabello. Pero Jordan estaba a mi lado y ella, a diferencia de Daisy, era demasiado inteligente para acarrear sueños olvidados de una época a otra alguna vez. Cuando pasamos sobre el oscuro puente, su pálida cara cayó perezosamente sobre el hombro de mi chaqueta, y el tremendo golpe de los treinta se desvaneció con la tranquilizadora presión de su mano.

Y de esa manera seguimos hacia la muerte a través del ocaso refrescante.

Michaelis, el joven griego que llevaba el cafetín que había junto a los montones de ceniza fue el testigo principal en la investigación. Había dormido la parte más calurosa del día hasta después de las cinco, cuando dio un paseo hacia el taller de servicio y encontró a George Wilson enfermo en su oficina; verdaderamente enfermo, pálido como su propio cabello descolorido y temblando por todas partes. Michaelis le aconsejó que se fuera a la cama, pero Wilson se negó diciendo que se perdería un montón de negocios si lo hiciera. Mientras su vecino intentaba convencerlo, un violento barullo estalló en la parte de arriba.

—Tengo a la mujer encerrada ahí arriba —explicó Wilson con calma—. Se va a quedar ahí hasta pasado mañana y luego nos vamos a mudar lejos.

Michaelis estaba asombrado; habían sido vecinos cuatro años y Wilson no había parecido nunca ni lejanamente capaz de una declaración así. Por lo general, era uno de esos hombres derrotados: cuando no estaba trabajando se sentaba en una silla a la puerta y miraba a la gente y a los automóviles que pasaban por la carretera. Cuando alguien se dirigía a él, siempre reía de una manera agradable y sosa. Era hombre para su mujer, no para sí mismo.

Así que, naturalmente, Michaelis intentó averiguar qué había pasado, pero Wilson no quiso decir ni una palabra; en lugar de eso, empezó a lanzar miradas curiosas y desconfiadas a su visitante y a preguntarle qué había estado haciendo a ciertas horas y en ciertos días. Justo cuando Michaelis se estaba poniendo incómodo, algunos trabajadores pasaron junto a la puerta con destino a su restaurante y vio la oportunidad de escabullirse, con la intención de volver más tarde. Pero no volvió. Supuso que se le había olvidado, sin más. Cuando un poco después de las siete vino a la parte de fuera, se acordó de la conversación porque oyó la voz de la señora Wilson, que gritaba y regañaba en la planta baja del taller.

—¡Pégame! —la oyó gritar—. Tírame al suelo y pégame, ¡sí, tú, pequeño y sucio cobarde!

Un momento después ella salió afuera corriendo en el crepúsculo, agitando las manos y gritando; antes de que Michaelis pudiera moverse de la puerta, el asunto había terminado.

El «auto de la muerte», como lo llamaron los periódicos, no se detuvo, salió de la oscuridad creciente, osciló trágicamente un momento y luego desapareció en la curva siguiente. Michaelis ni siquiera estaba seguro de su color, le dijo al primer policía que era verde claro. El otro automóvil, el que iba a Nueva York, se detuvo cien metros más allá, y su chófer se apresuró a volver donde Myrtle Wilson, con su vida apagada violentamente, quedó de rodillas en la carretera y mezclaba su sangre oscura y espesa con el polvo.

Michaelis y ese hombre llegaron primero a ella, pero cuando desgarraron su blusa aún húmeda de sudor para abrirla, vieron que su pecho izquierdo pendía suelto como un colgajo, y no hubo necesidad de escuchar al corazón debajo. La boca estaba completamente abierta y desgarrada en las comisuras, como si se hubiese ahogado un poco al abandonarla la gran vitalidad que había almacenado durante tanto tiempo.

Cuando aún estábamos a cierta distancia vimos tres o cuatro automóviles y la aglomeración de gente.

—¡Un accidente! —dijo Tom—, eso es bueno; Wilson tendrá algo de trabajo al fin.

Disminuyó la velocidad, pero sin intención de detenerse hasta que, cuando nos acercamos, las caras silenciosas y absortas de la gente de la puerta del taller mecánico lo hicieron pisar el freno automáticamente.

—Echemos una mirada —dijo sin convicción—, sólo una mirada.

Yo me di cuenta en aquel momento de un ruido hueco y quejumbroso que salía constantemente del taller, un ruido que cuando salimos del cupé y caminamos hacia la puerta se convirtió en las palabras «¡ay, Dios mío!» dichas una y otra vez con un quejido entrecortado.

—Aquí ha habido problemas graves —dijo Tom con excitación.

Llegó al grupo de personas de puntillas y miró sobre el círculo de cabezas al taller, que estaba iluminado sólo por una luz amarilla protegida por una rejilla de alambre que colgaba del techo. Luego hizo un ruido estridente con la garganta, y con un violento empujón de sus brazos poderosos se abrió camino.

El círculo volvió a cerrarse otra vez con un murmullo continuo de protesta y pasó un rato antes de que yo pudiera ver algo. Luego hubo nuevas llegadas de personas que desordenaron la fila y Jordan y yo nos vimos empujados dentro repentinamente.

El cuerpo de Myrtle Wilson estaba envuelto en una manta y luego en otra más, como si tuviese frío aquella cálida noche, yacía sobre una mesa de trabajo junto a una pared y Tom, que nos daba la espalda, se doblaba sobre él inmóvil. A su lado había un policía de tráfico apuntando nombres en un librito con mucho sudor y mucha corrección. Al principio no pude localizar la fuente de las palabras ni del agudo gemido que hacían eco clamorosamente por todo el desnudo taller; y luego vi a Wilson de pie en el elevado umbral de su oficina, oscilando adelante y atrás, sujeto a las jambas de la puerta con ambas manos. Un hombre le hablaba en voz baja y de cuando en cuando intentaba ponerle una mano en el hombro, pero Wilson ni oía, ni veía nada. Sus ojos descendían lentamente desde la oscilante luz a la cargada mesa junto a la pared, y luego volvían de un tirón otra vez a la luz, emitiendo constantemente su horrible y agudo grito.

—¡Ay, Dios mío! ¡Ay, Dios mío! ¡Oh, Dios! ¡Oh, Dios!

En ese momento, Tom levantó la cabeza bruscamente y después de mirar por el taller con ojos vidriosos, balbuceó un comentario incoherente al policía.

—Eme, a, uve —decía el policía—, ... o...

—No, con erre —corrigió el hombre—; eme, a, uve, erre, o...

—¡Escúcheme! —musitó Tom vehementemente.

—Erre —dijo el policía—, o...

—Ge...

—Ge... —levantó la vista cuando la ancha mano de Tom cayó bruscamente sobre su hombro—. ¿Qué quiere, hombre?

—Qué ha ocurrido, ¡eso es lo que quiero saber!

—Un automóvil la atropelló. Murió en el acto.

—Murió en el acto —repitió Tom mirándolo.

—Ella se metió corriendo en la carretera. El hijo de puta ni siquiera detuvo el auto.

—Había dos automóviles, uno que venía y otro que iba, ¿ve? —dijo Michaelis.

—¿Que iban adónde? —preguntó el policía con interés.

—Cada uno en un sentido. Bueno, ella... —su mano se alzó hacia las mantas, pero se detuvo a medio camino y cayó a su lado— ... Ella salió corriendo fuera y el auto que venía de Nueva York chocó con ella directamente, iba a unos cuarenta o cincuenta kilómetros por hora.

—¿Cómo se llama este lugar? —requirió el policía.

—No tiene nombre.

Un negro pálido y bien vestido se aproximó.

—Ha sido un automóvil amarillo —dijo—, un automóvil amarillo grande. Y nuevo.

—¿Vio usted el accidente? —preguntó el policía.

—No, pero el automóvil me adelantó en la carretera; iba a más de sesenta kilómetros por hora, iba a ochenta o noventa.

—Venga usted aquí que apunte su nombre. Silencio ahora, quiero apuntar su nombre.

Algunas de las palabras de esta conversación debieron llegar a Wilson, que oscilaba en la puerta de la oficina, pues de repente un tema nuevo encontró voz entre sus gritos entrecortados.

—¡Usted no tiene que decirme qué clase de automóvil era! ¡Sé qué clase de automóvil era!

Observando a Tom vi otra vez tensarse el montón de músculos de su hombro bajo su chaqueta. Caminó rápidamente hacia Wilson y de pie junto a él lo agarró con firmeza por la parte alta de los brazos.

—Usted tiene que recuperar la compostura —dijo con tranquilizante brusquedad.

Los ojos de Wilson cayeron sobre Tom, se alzó de puntillas y se habría derrumbado de rodillas si Tom no lo hubiera sujetado derecho.

—Escuche —dijo Tom sacudiéndolo un poco—, yo acabo de llegar aquí hace un momento desde Nueva York. Le traía el cupé del que hemos hablado. Ese automóvil amarillo que yo llevaba esta tarde no es mío, ¿lo oye? No lo he visto en toda la tarde.

Sólo el negro y yo estábamos lo bastante cerca como para oír lo que dijo, pero el policía captó algo en el tono y lo miró con ojos hostiles.

—¿Qué es todo esto? —requirió.

—Soy amigo suyo —Tom volvió la cabeza pero mantuvo sus manos firmes en el cuerpo de Wilson—, él dice que sabe qué automóvil lo hizo... Fue un automóvil amarillo.

Algún tenue impulso motivó al policía a mirar a Tom con sospecha.

—¿Y de qué color es su atomóvil?

—Es azul, un cupé.

—Nosotros veníamos directamente de Nueva York —dije.

Alguien que viajaba un poco detrás de nosotros lo confirmó y el policía se alejó.

—Bueno, si me permite que apunte correctamente ese nombre...

Tom levantó a Wilson como si fuera una muñeca y lo llevó a la oficina, lo sentó en una silla y regresó.

—Si hay alguien que quiera venir aquí a sentarse con él y hacerle compañía... —gruñó con autoridad. Miró mientras los dos hombres que estaban más cerca se miraron uno al otro y fueron de mala gana a la oficina. Luego Tom cerró la puerta tras ellos y bajó el único escalón, sus ojos evitaban la mesa. Cuando pasó cerca de mí susurró, «vámonos de aquí».

Tímidamente, abriendo el camino con sus autoritarios brazos, nos hicimos paso por el gentío que aún se acumulaba, pasamos a un doctor apresurado, con su maletín en la mano, al que habían mandado buscar media hora antes con esperanza disparatada.

Tom fue despacio hasta que hubimos pasado la curva; entonces su pie apretó a fondo y el cupé corrió hacia adelante atravesando la noche. Poco después oí un sollozo bajo y ronco, y vi que las lágrimas se desbordaban por su cara.

—¡El maldito cobarde! —lloriqueó—. Ni siquiera ha detenido el automóvil.

La casa de los Buchanan flotó de repente hacia nosotros a través de los árboles susurrantes. Tom se detuvo junto al porche y alzó la vista al segundo piso, donde dos ventanas florecían de luz entre la hiedra.

—Daisy está en casa —dijo.

Cuando salimos del automóvil me miró y frunció ligeramente el ceño.

—Tendría que haberte dejado en *West Egg,* Nick. Esta noche no podemos hacer nada.

Le había ocurrido un cambio y habló con seriedad y decisión. Cuando andábamos cruzando la gravilla iluminada por la luna hacia el porche, se deshizo de la situación con unas cuantas frases bruscas.

—Voy a llamar por teléfono a un taxi que te lleve a tu casa, y mientras esperas será mejor que tú y Jordan vayáis a la cocina y que os den algo de cenar, si queréis —abrió la puerta—. Entrad.

—No, gracias; pero me alegrará si me pides un taxi. Esperaré fuera.

Jordan me puso una mano sobre el brazo.

—¿No quieres entrar, Nick?

—No, gracias.

Me sentía un poco mareado y quería estar solo; pero Jordan se quedó un momento más.

—Son sólo las nueve y media —dijo.

Estaría condenado si entrase; ya había tenido suficiente de todos ellos por un día, y de repente eso incluía también a Jordan. Ella debió ver algo de eso en mi expresión pues se dio la vuelta bruscamente, subió corriendo los escalones del porche y se metió en la casa. Me senté unos momentos con la cabeza entre las manos, hasta que oí descolgar el teléfono dentro y que el mayordomo pedía un taxi. Luego fui caminando despacio por el camino de entrada a la casa con el propósito de esperar en la verja.

No había andado ni veinte metros cuando oí mi nombre y Gatsby salió de entre los arbustos al camino. Yo debía sentirme muy extraño en ese momento, porque no podía pensar en nada excepto en la luminosidad de su traje rosa bajo la luna.

—¿Qué haces? —pregunté.

—Sólo estar aquí de pie, amigo.

De alguna manera, aquello parecía una ocupación despreciable. Por lo que yo sabía, él iba a robar la casa dentro de un momento y no me habría sorprendido ver caras siniestras, las caras de «la gente de Wolfshiem», detrás de él en los oscuros setos.

—¿Has visto algún incidente en la carretera? —preguntó tras un momento.

—Sí.

Vaciló.

—¿Murió?

—Sí.

—Eso creí; le dije a Daisy que creía que sí. Es mejor que el golpe venga entero de una vez. Lo soportó bastante bien.

Hablaba como si la reacción de Daisy fuese lo único que importase.

—Llegué a *West Egg* por una carretera secundaria —continuó—, y dejé el automóvil en mi garaje. Creo que no nos vio nadie, pero por supuesto no puedo estar seguro.

Él me disgustaba tanto en ese momento que no vi la necesidad de decirle que se equivocaba.

—¿Quién era la mujer? —preguntó.

—Se llamaba Wilson, su esposo es el dueño del taller. ¿Cómo demonios ha sucedido?

—Bueno, yo intenté girar el volante... —se interrumpió y de repente adiviné la verdad.

—¿Era Daisy quien llevaba el automóvil?

—Sí —dijo después de un momento—, pero por supuesto diré que era yo. Ya ves, cuando salimos de Nueva York ella estaba muy nerviosa y creyó que llevar el automóvil la calmaría... Y esa mujer salió corriendo hacia nosotros justo cuando nos cruzábamos con otro automóvil que venía en sentido contrario. Ocurrió en un momento, pero me pareció que quería hablar con nosotros, como si fuésemos gente que ella conocía. Bueno, primero Daisy se apartó de la mujer hacia el otro automóvil, y luego perdió los nervios y volvió a su carril. En el momento mismo que mi mano llegó al volante sentí el golpe... Debe haberla matado instantáneamente.

—La destripó...

—No me lo digas, amigo —hizo un gesto de dolor—. De todas maneras, Daisy apretó el acelerador. Intenté que se detuviera, pero ella no podía, así que tiré del freno de mano. Entonces se cayó sobre mi regazo y yo seguí llevando el automóvil.

—Estará muy bien mañana —dijo al rato—; yo voy a esperar aquí para ver si él intenta molestarla por la situación desagradable de esta tarde. Se ha encerrado en su habitación y si él intenta cualquier brutalidad ella apagará y encenderá la luz.

—No la tocará —dije—, no está pensando en ella.

—No confío en él, amigo.

—¿Cuánto tiempo vas a esperar?

—Toda la noche si es necesario. En cualquier caso hasta que todos se hayan acostado.

Se me ocurrió un nuevo punto de vista. Supongamos que Tom averiguase que era Daisy quien llevaba el automóvil. Él podría creer que había una relación en ello... Podría creer cualquier cosa. Miré a la casa; había dos o tres ventanas iluminadas abajo y el resplandor rosado de la habitación de Daisy en el segundo piso.

Espera aquí —dije—, voy a ver si hay alguna señal de alboroto.

Caminé de vuelta por el margen del césped, atravesé la gravilla suavemente y subí de puntillas los escalones de la galería. Las cortinas del salón estaban abiertas y vi que la sala estaba vacía. Crucé el porche donde habíamos cenado aquella noche de junio hacía tres meses y llegué a un pequeño rectángulo de luz, que supuse era la ventana de la despensa. Las cortinas estaban cerradas, pero encontré una rendija en el alféizar.

Daisy y Tom estaban sentados uno frente a otro a la mesa de la cocina con un plato de pollo frito frío y dos botellas de cerveza entre ellos. Él le hablaba atentamente a ella y en su franqueza su mano había descendido y cubría la de ella. De cuando en cuando ella levantaba la vista hacia él y asentía con la cabeza en concordancia.

No estaban contentos, y ninguno de los dos había tocado el pollo ni la cerveza... Y aun así tampoco estaban descontentos. Había un aire inconfundible de intimidad natural en esa imagen y cualquiera hubiese podido decir que estaban conspirando.

Cuando bajaba del porche de puntillas oí a mi taxi que iba encontrando su camino por la oscura carretera hacia la casa. Gatsby esperaba donde lo había dejado, en el camino de entrada a la casa.

—¿Está todo tranquilo allí? —preguntó con inquietud.

—Sí, todo está tranquilo —vacilé—. Será mejor que vayas a casa y duermas un poco.

Él sacudió la cabeza como negativa.

—Quiero esperar aquí hasta que Daisy se vaya a la cama. Buenas noches, amigo.

Se metió las manos en los bolsillos de la chaqueta y volvió con empeño a su escrutinio de la casa como si mi presencia estropease lo sagrado de la vigilancia; de manera que me fui caminando y lo dejé allí de pie, a la luz de la luna, vigilando la nada.

CAPÍTULO 8

No pude dormir en toda la noche. Una sirena de niebla gemía sin cesar en el Estrecho, y me revolví medio enfermo entre la grotesca realidad y los violentos sueños aterradores. Hacia el amanecer, oí que un taxi subía por el camino de entrada de Gatsby e inmediatamente salté de la cama y empecé a vestirme. Sentía que tenía algo que decirle, algo por lo que avisarle, y que por la mañana sería demasiado tarde.

Al cruzar su césped vi que su puerta principal todavía estaba abierta y él se apoyaba en una mesa en el recibidor, serio de abatimiento o de sueño.

—No ha pasado nada —dijo débilmente—. Esperé y a eso de las cuatro ella fue a la ventana, se quedó allí un momento y luego apagó la luz.

Su casa no me había parecido nunca tan enorme como lo hizo esa noche, cuando estuvimos buscando cigarrillos por las grandes habitaciones. Corrimos a un lado cortinas que eran como pabellones y tanteamos por muchos metros de paredes oscuras buscando los interruptores de la luz. Una vez me caí con una especie de chapoteo sobre las teclas de un piano fantasmal. Había una inexplicable cantidad de polvo por todas partes y las habitaciones olían a cerrado como si no se hubiesen ventilado en muchos días. Encontré el humidificador de puros habanos sobre una mesa desconocida, tenía dos cigarrillos malolientes y secos dentro. Abrimos la ventana cristalera del salón principal y nos sentamos a fumar en la oscuridad.

—Tienes que marcharte lejos —dije—, es bastante seguro que van a rastrear tu automóvil.

—¿Marcharme ahora, amigo?

—Vete a Atlantic City una semana, o a Montreal.

No quería ni pensar en ello. No era posible que abandonase a Daisy hasta que supiera lo que ella iba a hacer. Él se agarraba a una última esperanza y yo no podía soportar la idea de liberarlo a sacudidas.

Fue esa la noche que me contó la extraña historia de su juventud con Dan Cody; y me la contó porque «Jay Gatsby» se había roto como el cristal contra la dura malevolencia de Tom y el gran y largo espectáculo secreto llegó al final. Creo que en aquel momento habría reconocido cualquier cosa, sin reservas, pero él quería hablar de Daisy.

Ella fue la primera chica «amable» que había conocido. En varios asuntos que no quiso revelar, él había entrado en contacto con gente así, pero siempre con un imperceptible alambre de espino por medio. A él le parecía emocionantemente deseable. Fue a casa de ella, al principio con otros oficiales de Camp Taylor, y luego solo. Lo asombraba, no había estado nunca en una casa tan hermosa; pero lo que le daba un aire de intensidad sin aliento era que Daisy vivía allí. Para ella era una cosa tan habitual como lo era para él su tienda de campaña. Había todo un misterio en ello, un indicio de que las habitaciones de arriba eran más hermosas y frescas que las demás, de actividades radiantes y alegres que ocurrían por sus pasillos y de galanteos que no estaban rancios y ya reservados en lavanda, sino que estaban frescos, vivos y fragantes de los brillantes automóviles del año, y de bailes cuyas flores apenas se marchitaban. Lo excitaba también el que muchos hombres hubiesen amado ya a Daisy, eso la hacía aumentar de valía ante sus ojos. Él sintió su presencia por toda la casa, impregnando el aire con las sombras y los ecos de emociones aún dinámicas.

Pero sabía que estaba en casa de Daisy por un accidente descomunal. Por glorioso que pudiese ser su futuro como Jay Gatsby, en aquel presente era un joven sin dinero y sin pasado, y en cualquier momento la capa invisible de su uniforme podría caérsele de los hombros. Así que aprovechó bien el tiempo. Se hizo con todo lo que quería tener, con voracidad y sin escrúpulos... Y al final se hizo con Daisy una noche de octubre, se hizo con ella porque no tenía verdadero derecho a tocarle la mano.

Podría haberse despreciado a sí mismo, pues sin duda se hizo con ella con engaños. No quiero decir que él se hubiese aprovechado de sus quiméricos millones, pero le había dado a propósito a Daisy una sensación de seguridad; dejó que ella creyese que era una persona del mismo estrato social que ella; de que era perfectamente capaz de cuidar de ella. De hecho, él no tenía esas capacidades; no tenía una familia acomodada que lo apoyase y era vulnerable a que el antojo de un gobierno impersonal pudiera mandarlo a cualquier lugar del mundo.

Pero no se despreció a sí mismo y las cosas no salieron como se había imaginado. Probablemente su intención era agarrar lo que pudiese y marcharse; pero ahora averiguó que se había comprometido a ir detrás de un grial. Sabía que Daisy era extraordinaria, pero no se daba cuenta de lo extraordinaria que podía ser una chica «amable». Ella se desvaneció en su casa de rica, en su vida rica y llena, sin dejarle nada a Gatsby. Se sentía casado con ella, nada más.

Cuando dos días después volvieron a verse, fue Gatsby quien estaba sin aliento, quien fue traicionado de alguna manera. Su porche brillaba con el lujo comprado del fulgor de las estrellas; el mimbre del sofá crujió a la moda cuando ella se volvió hacia él y él besó su curiosa y bonita boca. Ella se había resfriado, lo que hizo que su voz fuese más ronca y más encantadora que nunca, y Gatsby estaba abrumadoramente consciente de la juventud y el misterio que la riqueza aprisiona y conserva, de la frescura de un gran vestuario y de Daisy, que resplandecía como la plata, a salvo y orgullosa por encima de los reñidos esfuerzos de los pobres.

—No puedo describirte lo sorprendido que estuve cuando averigüé que estaba enamorado de ella, amigo. Por cierto tiempo llegué a esperar que ella me dejase plantado, pero no lo hizo porque ella también estaba enamorada de mí. Ella creyó que yo sabía mucho porque sabía cosas diferentes de lo que ella conocía... Bueno, pues ahí estaba yo, lejos de mis ambiciones y sumergiéndome en el amor más profundamente a cada momento, y de repente dejó de preocuparme. ¿Qué utilidad tenía hacer grandes cosas, si podía pasármelo mejor diciéndole lo que yo iba a hacer?

La última tarde antes de que él se marchara a la guerra en el extranjero, se sentó con Daisy en los brazos por un tiempo largo y silencioso. Era un frío día de otoño, y con el fuego encendido en la habitación las mejillas de ella se sonrojaron. De cuando en cuando, ella se movía y él cambiaba un poco la postura del brazo, y una vez la besó en su cabello oscuro y brillante. La tarde les había tranquilizado por un tiempo, como para darles un profundo recuerdo para la larga separación que se avecinaba al día siguiente. En todo su mes de amor no se habían sentido nunca tan cercanos, ni se habían comunicado más profundamente entre los dos que cuando ella rozaba sus labios mudos en el hombro de su chaquetón, o cuando él acariciaba la punta de sus dedos suavemente, como si ella estuviese dormida.

A él le fue extraordinariamente bien en la guerra. Antes de salir para el frente ya era capitán, y a continuación de la ofensiva Meuse-Argonne consiguió su ascenso a comandante y el mando de la división de ametralladoras. Tras el Armisticio intentó frenéticamente irse a casa, pero alguna complicación o malentendido lo envió a Oxford en lugar de eso. Él estaba preocupado, había un tono de desesperación nerviosa en las cartas de Daisy. Ella no entendía por qué no podía venir; sentía la presión del mundo de fuera y quería verlo y sentir su presencia a su lado, y tranquilizarse porque al fin y al cabo ella estaba haciendo lo adecuado.

Pues Daisy era joven y su mundo artificial era fragante de orquídeas, y de placentero y alegre esnobismo, y de orquestas que marcaban el ritmo del año, resumiendo la tristeza y la insinuación de la vida en canciones nuevas. Durante toda la noche los saxofones gemían el comentario desesperado de los «Blues de la calle Beale», mientras cien pares de zapatillas doradas y plateadas se arrastraban por el polvo resplandeciente. A la gris hora del té siempre había habitaciones que latían incesantemente con esta fiebre baja y dulce, mientras caras nuevas giraban aquí y allá como pétalos de rosa revueltos por los tristes metales sonoros sobre la pista de baile.

Por este universo crepuscular empezó a moverse Daisy otra vez con la temporada, de repente estaba manteniendo otra vez media docena de citas al día con media docena de hombres y quedándose dormida al amanecer, con los abalorios y los rasos de un vestido de noche enredados entre orquídeas moribundas en el suelo junto a su cama. Algo dentro de ella chillaba todo el tiempo por una decisión. Quería que su vida tuviese forma ahora, inmediatamente —y la decisión debía adoptarse por medio de alguna fuerza, de amor, de dinero, de utilidad incuestionable—, que estaba a la mano.

Esa fuerza tomó forma a mitad de la primavera, con la llegada de Tom Buchanan. Había una saludable grandeza en su persona y en su posición, y Daisy estaba halagada. Sin duda hubo cierta lucha y algún alivio. La carta llegó a Gatsby cuando él todavía estaba en Oxford.

Amanecía en Long Island y fuimos a abrir las demás ventanas del piso de abajo, llenando la casa de una luz que giraba entre el gris y el dorado. La sombra de un árbol cayó súbitamente a través del rocío y pájaros fantasmales empezaron a cantar entre las hojas tristes. Había un movimiento agradable y lento en el aire, apenas viento, que prometía un día fresco y hermoso.

—No creo que lo haya amado nunca —Gatsby se dio vuelta desde una ventana y me miró en actitud desafiante—. Debes recordar, amigo, que ella estaba muy nerviosa esa tarde. Tom había dicho aquellas cosas de una manera que la asustó y que hacían que yo pareciese un estafador corriente. Y el resultado fue que ella apenas se daba cuenta de lo que ella misma decía.

Se sentó sombríamente.

—Por supuesto, ella debió amarlo, pero sólo un momento, al principio de su matrimonio... Y me amaba a mí incluso más entonces, ¿ves?

De repente salió con un comentario llamativo:

—En cualquier caso —dijo—, sólo era un asunto personal.

¿Qué podía hacer uno con eso, sino sospechar cierta intensidad que no podía medirse en la idea que él tenía del asunto?

Volvió de Francia cuando Tom y Daisy aún estaban de viaje de novios, e hizo un viaje lamentable pero irresistible a Louisville con lo que le quedaba de la paga del Ejército. Se quedó allí una semana, caminando por las calles en las que los pasos de los dos habían resonado juntos aquella noche de noviembre, y volviendo a visitar los lugares apartados a los que habían ido en el automóvil blanco de ella. Lo mismo que la casa de Daisy siempre le había parecido más misteriosa y alegre que las demás casas, así la idea que tenía de la propia ciudad, aunque ella se había marchado de allí, estaba impregnada de una melancólica belleza.

Se fue de la ciudad con la sensación de que si hubiera buscado con más ahínco podría haberla encontrado... Que la estaba dejando atrás. En el vagón de segunda clase del tren —por entonces estaba sin un céntimo— hacía mucho calor. Salió a la plataforma abierta y se sentó en una silla plegable; la estación se alejó y las partes traseras de edificios no conocidos se desplazaron. Luego salieron a los campos primaverales, donde un tranvía amarillo corrió a su lado un momento;

en él había gente que podría haber visto alguna vez la magia pálida de la cara de ella por una calle cualquiera.

Las vías hicieron una curva y ahora se alejaban del sol que, cuando se iba hundiendo, pareció que se derramaba en una bendición sobre la ciudad que desaparecía, y donde ella había respirado. Estiró la mano desesperadamente, como si quisiera arrebatar aunque fuese sólo una voluta de aire, como para salvar un trozo del lugar que ella había hecho esplendoroso para él. Pero todo iba ahora demasiado rápido para sus nublados ojos y supo que había perdido la parte mejor y más dulce para siempre.

Eran las nueve cuando terminamos de desayunar y salimos al porche. Durante la noche se había producido una aguda diferencia en el clima y había un sabor a otoño en el aire. El jardinero, el último de los anteriores sirvientes de Gatsby, vino al pie de las escaleras.

—Hoy voy a vaciar la piscina, señor Gatsby. Las hojas van a empezar a caer muy pronto y siempre crean problemas en las cañerías.

—No lo hagas hoy —respondió Gatsby; y se volvió hacia mí como pidiendo disculpas—, ¿sabes, amigo, que no he utilizado la piscina en todo el verano?

Miré mi reloj y me levanté.

—Me quedan doce minutos para llegar a mi tren.

Yo no quería ir a la ciudad. No podía hacer un trabajo decente, pero era más que eso: yo no quería dejar a Gatsby. Perdí aquel tren, y luego otro, antes de poder marcharme.

—Te llamaré —dije, por último.

—Hazlo, amigo.

—Te llamaré a eso del mediodía.

Bajamos lentamente los escalones, caminando despacio.

—Supongo que Daisy llamará también —me miró con inquietud, como si esperara que yo lo confirmase.

—Supongo que sí.

—Bueno... Adiós.

Nos estrechamos la mano y me puse en marcha. Justo antes de llegar al seto me acordé de algo y me di media vuelta.

—Ellos son una gente podrida —grité a través del césped—, tú vales más que todo el maldito montón de ellos puestos juntos.

Me he alegrado siempre de habérselo dicho. Fue el único cumplido que le di jamás, porque yo lo desaprobaba de principio a fin. Primero saludó con la cabeza cortésmente, y entonces su cara se abrió en esa sonrisa radiante y comprensiva, como si hubiésemos estado compinchados en ello todo el tiempo. La espléndida tela de su traje rosa creaba un punto de color brillante recortado contra los blancos escalones, y pensé en la noche que vine por primera vez a su casa solariega tres meses antes. El césped y el camino de entrada estaban llenos de las caras de aquellos que se hacían preguntas sobre su corrupción; y él había estado sobre esos escalones, ocultando su sueño incorruptible, mientras les decía adiós con la mano.

Le agradecí su hospitalidad. Siempre estábamos agradeciéndole eso los demás y yo.

—Adiós —grité—, he disfrutado del desayuno, Gatsby.

Ya en la ciudad intenté por un rato hacer una lista con las cotizaciones de una cantidad interminable de acciones, y luego me quedé dormido en mi butaca giratoria. Justo antes del mediodía, el teléfono me despertó y me puse en marcha con la frente llena de sudor. Era Jordan Baker; me llamaba a menudo a esa hora porque la incertidumbre de sus propios movimientos entre hoteles, y clubes y domicilios privados hacía que fuese difícil encontrarla de otra manera. Normalmente su voz llegaba por el cable como algo dulce y fresco, como si un terrón de césped del campo de golf hubiese venido volando a la ventana de la oficina, pero esa mañana parecía seca y dura.

—He dejado la casa de Daisy —dijo—; estoy en Hempstead y esta tarde me voy a Southampton.

Probablemente había sido discreta al salir de la casa de Daisy, pero aquello me molestó, y su comentario siguiente me puso rígido.

—Anoche no fuiste muy amable conmigo.

—¿Y eso qué importancia tenía entonces?

Hubo un silencio por un momento. Y luego...

—No importa. Quiero verte.

—Yo también quiero verte.

—¿Supongamos que no voy a Southampton y voy a la ciudad esta tarde?

—No, esta tarde creo que no.

—Muy bien.

—Esta tarde es imposible. Varios...

Hablamos un rato de esa manera y entonces, de repente, ya no estábamos hablando. No sé cuál de los dos colgó con un nítido clic, pero sé que no me importaba. Yo no habría podido hablar con ella ese día sentados a una mesa de té aunque no volviese a hablar con ella otra vez en este mundo.

Unos minutos después llamé a casa de Gatsby, pero su teléfono daba la señal de ocupado. Lo intenté cuatro veces, por último una telefonista desesperada me dijo que la línea se mantenía abierta para una llamada desde Detroit. Saqué el horario de trenes y dibujé un círculo pequeño sobre el tren de las tres cincuenta. Luego me recosté en la butaca e intenté pensar. Eran justo las doce del mediodía.

Aquella mañana, cuando pasé por los montones de ceniza en el tren, me cambié a propósito al otro lado del vagón. Supongo que habría un gentío de curiosos por allí todo el día, con niños que buscaban manchas oscuras en el polvo y algún hombre parlanchín que contaba lo sucedido una vez y otra hasta que se hizo cada vez menos real hasta para él y ya no pudo contarlo, y la hazaña trágica de Myrtle Wilson se olvidó. Ahora quiero ir un poco para atrás y contar lo que sucedió en el taller mecánico después de que nos marchásemos de allí la noche anterior.

Les fue difícil localizar a la hermana, Catherine. Debió ser que rompió su regla de no beber aquella noche, porque cuando llegó estaba atontada por el alcohol y era incapaz de comprender que la ambulancia ya se había marchado a Flushing. Cuando la convencieron de ello se desmayó inmediatamente, como si eso fuera la parte intolerable del asunto. Alguien amable, o curioso, la llevó en su automóvil al velatorio del cadáver de su hermana.

Hasta mucho después de la medianoche un gentío variable daba vueltas ante el taller mecánico, mientras George Wilson se mecía adelante y atrás sentado en el sofá de dentro. Durante un rato, la puerta de la oficina estuvo abierta y todo el mundo que entraba en el taller miraba para adentro sin poder evitarlo. Por último, alguien dijo que era una vergüenza y cerró la puerta. Michaelis y varios hombres más estaban con él, al principio cuatro o cinco hombres, más tarde dos o tres. Aún más tarde, Michaelis tuvo que pedirle al último desconocido que esperase allí quince minutos más mientras él volvía a su local a hacer una cafetera. Después de eso, se quedó solo allá con Wilson hasta el amanecer.

A eso de las tres de la mañana la calidad del murmullo incoherente de Wilson cambió. Se puso más silencioso y empezó a hablar del automóvil amarillo. Proclamó que tenía una manera de averiguar a quién pertenecía el automóvil, y luego espetó que hacía un par de meses su mujer había vuelto a casa de la ciudad con la cara magullada y la nariz hinchada.

Pero cuando se oyó a sí mismo decir esto, se encogió de dolor y empezó a gritar «¡ay, Dios mío!» otra vez con su voz quejumbrosa. Michaelis intentó distraerlo torpemente.

—¿Cuánto tiempo estuvisteis casados, George? Ven, siéntate quieto un momento y respóndeme. ¿Cuánto tiempo estuvisteis casados?

—Doce años.

—¿Tuvisteis hijos? Venga, George, siéntate quieto. Te he hecho una pregunta. ¿Habéis tenido hijos?

Los duros escarabajos marrones seguían golpeándose contra la opaca luz, y cuando Michaelis oía que un automóvil se movía rápidamente por la carretera, le sonaba como el automóvil que no se había detenido unas pocas horas antes. No le gustaba entrar en el taller porque el banco de trabajo estaba manchado donde habían colocado el cuerpo, de modo que se movía inquieto por la oficina —conoció cada objeto que había en ella antes de que se hiciera de mañana— y de cuando en cuando se sentaba junto a Wilson para intentar que estuviese más tranquilo.

—¿Eres miembro de una iglesia a la que vayas a veces, George? ¿Aunque no hayas ido a ella durante mucho tiempo? A lo mejor podría llamar a esa iglesia y hacer que venga un sacerdote a hablar contigo, ¿no?

—No pertenezco a ninguna.

—Pero tienes que tener una iglesia, George, para momentos como estos. Has debido ir a la iglesia alguna vez. ¿No te casaste en una iglesia? Escucha, George, escúchame. ¿No te casaste en una iglesia?

—Eso fue hace mucho tiempo.

El esfuerzo de hablar puso fin al ritmo de su balanceo, y por un momento estuvo callado. Entonces, la misma mirada medio cómplice y medio desconcertada volvió a sus apagados ojos.

—Mira en ese cajón de ahí —dijo señalando al escritorio.

—¿Cuál cajón?

—Ese cajón. El de ahí.

Michaelis abrió el cajón que estaba más cerca de su mano. No había nada en él sino una correa de perro pequeña y cara hecha de cuero y plata trenzada. Aparentemente era nueva.

—¿Esto? —preguntó manteniéndolo en alto.

Wilson miró y afirmó con la cabeza.

—Lo encontré ayer por la tarde. Ella intentó decirme algo sobre eso, pero yo sabía que era algo raro.

—¿Quieres decir que lo compró tu esposa?

—Ella lo tenía en su escritorio envuelto en papel de seda.

Michaelis no veía nada de raro en eso y le dio a Wilson una docena de motivos por los que su mujer podría haber comprado la correa para perros. Pero era muy concebible que Wilson hubiese oído antes esas mismas explicaciones, de Myrtle, porque empezó a decir otra vez «¡ay, Dios mío!» en un susurro, y quien lo consolaba dejó varias explicaciones en el aire.

—Entonces él la mató —dijo Wilson. La boca se le abrió de repente.

—¿Quién lo hizo?

—Tengo medio de averiguarlo.

—Eres macabro, George —dijo su amigo—. Esto ha sido un esfuerzo para ti y no sabes lo que dices. Sería mejor que intentases estar sentado y en silencio hasta que sea de día.

—Él la ha matado.

—Ha sido un accidente, George.

Wilson meneó la cabeza. Sus ojos se estrecharon y su boca se amplió ligeramente con el fantasma de un altanero «¡Hmmm!»

—Lo sé —dijo terminantemente—, yo soy uno de esos hombres confiados y no pienso en hacerle daño a nadie, pero cuando sé una cosa, la sé. Fue el hombre que iba en ese automóvil. Myrtle salió corriendo para hablar con él y él no se detuvo.

Michaelis también lo había visto, pero no se le había ocurrido que no había nada de importancia en ello. Él creía que la señora Wilson estaba huyendo de su marido, no intentando detener ningún automóvil concreto.

—¿Cómo podía ella ser así?

—Ella es un misterio —dijo Wilson como si eso respondiese la pregunta—. Ah-h-h-h...

Empezó a mecerse otra vez y Michaelis se quedó de pie retorciendo la correa en la mano.

—¿Tienes quizá algún amigo al que pueda telefonear, George?

Eso era una leve esperanza, ya que estaba casi seguro de que Wilson no tenía amigos; no daba de sí ni para su mujer. Un poco más tarde se alegró al darse cuenta de un cambio en la sala, un estímulo azul en la ventana, y se dio cuenta de que el amanecer no estaba lejos. A eso de las cinco estaba lo bastante azul afuera como para poder apagar la luz.

Los ojos vidriosos de Wilson giraron hacia los montones de ceniza, donde pequeñas nubes grises creaban formas fantásticas y corrían aquí y allá con la suave brisa del amanecer.

—Hablé con ella —musitó tras un silencio largo—; le dije que podía engañarme a mí pero que no podía engañarle a Dios. La llevé a la ventana... —con un esfuerzo se levantó y fue a la ventana de atrás, donde se apoyó con la cara apretada contra el cristal—, y le dije «Dios sabe lo que has estado haciendo, todo lo que has estado haciendo. ¡Podrás engañarme a mí, pero no podrás engañar a Dios!

En pie detrás de él, Michaelis vio con sobresalto que estaba mirando a los ojos del doctor T. J. Eckleburg, que acababan de aparecer pálidos y enormes desde la noche que se diluía.

—Dios lo ve todo —repitió Wilson.

—Eso es un anuncio —le aseguró Michaelis. Algo lo hizo apartarse de la ventana y mirar otra vez a la sala. Pero Wilson se quedó allá mucho tiempo con la cara pegada al cristal, afirmando con la cabeza entre dos luces.

A las seis Michaelis estaba agotado y agradecido por el ruido de un automóvil que se detenía afuera. Era uno de los mirones de la noche anterior, que había prometido regresar, de manera que preparó desayuno para tres que él y el otro hombre comieron juntos. Wilson estaba más tranquilo en ese momento y Michaelis fue a casa a dormir; cuando cuatro horas más tarde se despertó y se apresuró a ir al taller, Wilson se había ido.

Sus movimientos —iba a pie todo el tiempo— se rastrearon después a Port Roosevelt y luego a Gad's Hill, donde compró un bocadillo que no se comió y una taza de café. Debía estar cansado y andaba despacio, pues no llegó a Gad's Hill hasta el mediodía. Hasta aquí no hubo dificultad para llevar la cuenta de su tiempo: había chicos que habían visto a «un hombre que se comportaba como una especie de loco», y motorizados a quienes había mirado extrañamente desde el lateral de la carretera. Luego desapareció de la vista tres o cuatro horas. La policía, basándose en lo que le dijo a Michaelis de que «tenía una manera de averiguarlo», suponía que había empleado ese tiempo en ir de taller en taller de los alrededores preguntando por un automóvil amarillo. Por otra parte, ningún hombre de taller que lo hubiese visto alguna vez se presentó ante la Policía; quizá es que él tenía una forma más fácil y más segura de averiguar lo que quería saber. A eso de las dos y media estaba en *West Egg,* donde le preguntó a alguien el camino a casa de Gatsby. Así que en ese momento ya conocía el nombre de Gatsby.

A las dos, Gatsby se puso su traje de baño y dejó dicho al mayordomo que si lo telefoneaba alguien tenían que informarle en la piscina. Se detuvo en el garaje por un colchón inflable que había divertido a sus huéspedes durante el verano, y el chófer lo ayudó a inflarlo. Luego dio instrucciones de que no se sacase a la vista el automóvil abierto bajo ninguna circunstancia, y eso era extraño porque el guardabarros delantero derecho necesitaba reparación.

Gatsby se echó al hombro el colchón y se dirigió a la piscina. Se detuvo una vez para recolocarlo un poco y el chófer le preguntó si necesitaba ayuda, pero él negó con la cabeza y un momento después desapareció entre los árboles que amarilleaban.

No llegó ningún mensaje telefónico, pero el mayordomo se quedó sin su siesta esperándolo hasta las cuatro, hasta tiempo después de que hubiese alguien a quien dárselo si llegaba. Tengo la impresión de que el propio Gatsby no creía que viniese y quizá es que ya no le importaba. Si eso era cierto, él debió sentir que había perdido el viejo mundo cálido, que había pagado un alto precio por vivir demasiado tiempo con un sólo sueño. Él debió mirar a un cielo desconocido a través de hojas aterradoras, y temblar cuando averiguó lo grotescas que eran las rosas y lo crudo de la luz del sol sobre la hierba apenas creada. Un mundo nuevo, material sin ser real, donde pobres fantasmas que respiraban sueños como si fuesen aire iban a la deriva fortuitamente por ahí... Como esa cenicienta y fantástica figura que se deslizaba hacia él a través de los árboles amorfos.

El chófer —que era uno de los protegidos de Wolfshiem— oyó los tiros, y después sólo pudo decir que no había pensado mucho en ellos. Fui desde la estación del tren directamente a casa de Gatsby y el que yo corriese nerviosamente subiendo la escalinata frontal fue lo primero que alarmó a todo el mundo; pero creo firmemente que ellos ya lo sabían entonces. Sin apenas decir una palabra, nosotros cuatro —el chófer, el mayordomo, el jardinero y yo— nos apresuramos hacia la piscina.

Había un movimiento leve, casi imperceptible, en el agua por el flujo fresco de agua en un extremo que buscaba su camino hacia el desagüe en el otro. Con onditas pequeñas que a duras penas eran sombras de olas, el cargado colchón se movía irregularmente por la piscina. Una pequeña ráfaga de viento que apenas rizó la superficie fue suficiente para perturbar su rumbo aleatorio con su carga fortuita. El contacto con un cúmulo de hojas lo hizo girar lentamente y trazó, como la pata de un compás, un fino círculo rojo en el agua.

Fue después de que saliésemos con Gatsby hacia la casa cuando el jardinero vio el cuerpo de Wilson un poco más lejos sobre la hierba, y el holocausto estuvo completo.

CAPÍTULO 9

Pasados dos años aún recuerdo el resto de aquel día, y aquella noche, y el día siguiente, sólo como un simulacro interminable de policías y fotógrafos y periodistas entrando y saliendo por la puerta principal de Gatsby. Una cuerda tendida a través de la cancela y un policía junto a ella mantenían a raya a los curiosos, pero los niños pequeños descubrieron enseguida que podían entrar a través de mi jardín y siempre había unos cuantos apiñados con la boca abierta por la piscina. Alguien de actitud segura, quizá un inspector, utilizó la expresión «loco» cuando se dobló sobre el cuerpo de Wilson aquella tarde, y la autoridad inesperada de su voz estableció la clave para los informes periodísticos de la mañana siguiente.

La mayoría de esos informes eran una pesadilla, grotescos, circunstanciales, ansiosos y falsos. Cuando el testimonio de Michaelis en la investigación sacó a la luz las sospechas que Wilson tenía de su mujer, creí que toda la historia sería servida prontamente en sátiras picantes; pero Catherine, que podría haber dicho algo, no dijo ni una palabra. Mostró una sorprendente firmeza de carácter con ello también; miró al forense con determinación en los ojos bajo sus cejas reformadas y juró que su hermana no había visto nunca a Gatsby, que su hermana era completamente feliz con su marido, que su hermana no se había metido en líos jamás. Se convenció a sí misma de ello y lloraba en el pañuelo como si la sola indicación fuese más que lo que ella podía soportar. De modo que Wilson fue reducido a «un hombre trastornado por el dolor» para que el caso pudiera quedarse en su forma más sencilla. Y ahí se quedó.

Pero toda esta parte de la historia parecía lejana e innecesaria. Me vi a mí mismo tomando partido por Gatsby, y me vi solo. Desde el momento que llamé por teléfono al pueblo de *West Egg* con la noticia de la catástrofe, todas las conjeturas sobre él y todas las cuestiones prácticas recayeron en mí. Al principio estaba sorprendido y confuso; luego, mientras él yacía en su casa y no se movía, ni respiraba, ni hablaba hora tras hora, me fui convenciendo de que yo era responsable porque nadie más estaba interesado... Interesado, quiero decir, con ese intenso interés personal al cual todo el mundo tiene cierto derecho indefinido al final.

Llamé a Daisy media hora después de que lo encontrásemos, la llamé instintivamente y sin vacilación; pero ella y Tom se habían marchado lejos pronto aquella tarde y se habían llevado equipaje con ellos.

—¿No han dejado ninguna dirección?

—No.

—¿Dijeron cuándo volverían?

—No

—¿Tiene alguna idea de dónde están? ¿Cómo puedo llegar a ellos?

—No lo sé. No puedo decirle.

Yo quería encontrar a alguien por él. Quería ir a la habitación donde yacía y tranquilizarlo: «te traeré a alguien, Gatsby, no te preocupes. Confía en mí y traeré a alguien que esté contigo...».

El nombre de Meyer Wolfshiem no figuraba en la guía telefónica. El mayordomo me dio la dirección de su oficina en Broadway y llamé a Información, pero para cuando pude conseguir el número pasaban mucho de las cinco y nadie contestó la llamada.

—¿Quiere usted llamar otra vez?

—He llamado tres veces.

—Es muy importante.

—Lo siento. Me temo que allí no hay nadie.

Volví a la sala y por un momento creí que todos esos funcionarios que la habían llenado de repente eran visitantes fortuitos; pero cuando retiraron la sábana y miraron a Gatsby con ojos impasibles, su protesta siguió en mi cerebro.

«Oye, mira, amigo, tienes que traerme a alguien. Tienes que intentarlo con fuerza. Yo no puedo pasar por esto solo».

Alguien empezó a hacerme preguntas, pero me alejé, fui arriba y me puse a mirar apresuradamente en las partes de su escritorio que no estaban cerradas con llave. No me había dicho claramente que sus padres estuviesen muertos. Pero allí no había nada, sólo el retrato de Dan Cody, un símbolo de olvidada violencia que miraba desde la pared.

A la mañana siguiente envié al mayordomo a Nueva York con una carta para Wolfshiem en la que pedía información y lo instaba a venir en el próximo tren. Esa petición me pareció superflua cuando la escribí. Estaba seguro de que él se pondría en camino cuando viese los periódicos, lo mismo que estaba seguro de que habría un telegrama de Daisy antes del mediodía, pero no llegaron ni el telegrama ni el señor Wolfshiem. No llegó nadie, excepto más policías, más fotógrafos y más periodistas. Cuando el mayordomo trajo la respuesta de Wolfshiem empecé a tener una sensación de desafío, de desdeñosa solidaridad entre Gatsby y yo contra todos ellos.

Estimado señor Carraway:

Esto ha sido uno de los golpes más terribles que he recibido en mi vida, apenas puedo creer que sea cierto en absoluto. Un acto de locura como el que ese hombre ha cometido debería hacernos reflexionar a todos. No puedo ir allá, pues estoy retenido por unos negocios muy importantes y ahora mismo no puedo verme mezclado en esto. Si hay algo que yo pueda hacer un poco más adelante, dígamelo en una carta con Edgar. Casi ni sé dónde estoy cuando oigo cosas como estas y me siento completamente hundido y atónito.

Atentamente,

MEYER WOLFSHIEM.

y luego, en un apéndice precipitado debajo:

Deme noticias del funeral y etcétera, no conozco a su familia de nada.

Cuando aquella tarde sonó el teléfono y la telefonista de larga distancia me dijo que tenía una llamada desde Chicago, creí que sería Daisy al fin. Pero la conexión llegó con voz de hombre, muy débil y lejana.

—Al habla Slage...

—¿Sí? —el nombre me era desconocido.

—Un demonio de nota, ¿no? ¿Le ha llegado mi telegrama?

—No ha habido ningún telegrama.

—El joven Parke está metido en problemas —dijo rápidamente—, lo agarraron cuando ponía los bonos sobre el mostrador. Justo cinco minutos antes había recibido una circular de Nueva York en la que les daban los números. ¿Qué sabe usted de eso, eh? Uno nunca sabe en estas ciudades pueblerinas...

—¡Oiga! —interrumpí sin aliento—. Oiga, mire, yo no soy el señor Gatsby, el señor Gatsby ha muerto.

Hubo un largo silencio al otro lado de la línea, seguido de una exclamación... Y luego un graznido rápido cuando se cortó la comunicación.

Creo que fue al tercer día cuando llegó un telegrama firmado por Henry C. Gatz desde un pueblo de Minnesota. Sólo decía que el remitente salía inmediatamente y que se pospusiera el funeral hasta su llegada.

Era el padre de Gatsby, un viejo solemne, muy desamparado y abatido, envuelto en un largo abrigo barato para protegerse del cálido día de septiembre. Los ojos le lagrimeaban continuamente por la emoción, y cuando agarré la maleta y el paraguas de sus manos él empezó a tirarse tan incesantemente de su rala barba gris que me fue difícil poder quitarle el abrigo. Estaba a punto de derrumbarse, de manera que lo llevé a la sala de música e hice que se sentara mientras yo pedía que le trajesen algo de comer. Pero no quiso comer y el vaso de leche se derramó de sus temblorosas manos.

—Lo vi en el periódico de Chicago —dijo—. Estaba todo en el periódico de Chicago. Salí inmediatamente.

—Yo no sabía cómo localizarlo a usted.

Sus ojos se movían sin cesar por toda la habitación, sin ver nada.

—Era un loco —dijo—, debía estar loco.

—¿Le apetece un poco de café? —lo insté.

—No quiero nada. Ahora estoy muy bien, señor...

—Carraway.

—Bien, ahora estoy bien. ¿Dónde han puesto a Jimmy?

Lo llevé al salón, donde yacía su hijo, y lo dejé allí. Algunos niños habían subido la escalera de entrada y miraban por el vestíbulo; cuando les dije quién había llegado se marcharon de mala gana.

Poco después el señor Gatz abrió la puerta y salió, con la boca entreabierta, la cara ligeramente enrojecida y de sus ojos goteaban lágrimas aisladas e inoportunas. Había llegado a una edad en la que la muerte ya no tiene la cualidad de sorpresa terrible, y cuando en ese momento miró a su alrededor por primera vez y vio la altura y el esplendor del vestíbulo y de las grandes salas que se abrían desde él hacia otras salas, su pena empezó a mezclarse con un orgullo sorprendido. Lo ayudé a subir a una habitación de arriba; mientras él se quitaba la chaqueta y el chaleco le dije que todos los preparativos se habían pospuesto hasta que él llegase.

—Yo no sabía lo que quería hacer usted, señor Gatsby...

—Mi nombre es Gatz.

—... Señor Gatz. Creí que usted querría llevarse el cuerpo al oeste. Negó sacudiendo la cabeza.

—A Jimmy siempre le gustó más el este. Llegó a su posición en el este. ¿Era usted amigo de mi hijo, señor...?

—Éramos amigos íntimos.

—Tenía un gran futuro ante él, ya sabe. Sólo era un hombre joven, pero tenía un cerebro muy potente aquí.

Se tocó la cabeza admirativamente y yo asentí con la cabeza.

—Si hubiese vivido habría llegado a ser un gran hombre. Un hombre como James J. Hill, que ayudó a construir el país.

—Eso es verdad —dije incómodamente.

Él se puso a manipular torpemente el cubrecama bordado intentando quitarlo de la cama y se tumbó con rigidez. Se quedó instantáneamente dormido.

Esa noche llamó una persona evidentemente asustada, que exigía saber quién era yo antes de decirme su nombre.

—Soy Carraway —dije.

—Oh —pareció aliviado—, yo soy Klipspringer.

Yo también estaba aliviado, pues eso prometía otro amigo para el entierro de Gatsby. No quería que saliese en los periódicos y atrajese a un gentío de turistas, de manera que llamé yo mismo a unas cuantas personas. Fueron difíciles de encontrar.

—El funeral será mañana —dije—, a las tres, aquí en la casa. Me gustaría que se lo dijese usted a quien pudiera interesarle.

—Oh, lo haré —estalló rápidamente—. Por supuesto, no es probable que yo vea a nadie, pero si lo hago...

Su tono me hizo sospechar.

—Por supuesto, usted estará allá.

—Bueno, lo intentaré de seguro. La razón de mi llamada es que...

—Espere un momento —interrumpí—, ¿qué tal si decimos que usted vendrá?

—Bueno, el hecho es... La verdad del asunto es que estoy con algunas personas aquí en Greenwich y esperan que esté con ellas mañana. En realidad es que hay una especie de comida campestre o algo así. Por supuesto, haré todo lo posible para escaparme.

Exclamé un descontrolado «sí, ya, claro» y debió oírme porque siguió adelante nerviosamente:

—Mi llamada tiene que ver con un par de zapatos que me dejé allí. Me pregunto si sería mucho problema que el mayordomo me los enviase. ¿Sabe?, son zapatos de tenis y me siento como indefenso sin ellos. Mi dirección es: a cargo de B. F...

No oí el resto del nombre porque colgué el aparato.

Después de eso sentí cierta vergüenza por Gatsby... Un caballero a quien telefoneé insinuó que había recibido lo que se merecía. Sin embargo, fue culpa mía, porque era uno de esos que solían desdeñar más vehementemente a Gatsby, envalentonado con el licor de Gatsby, y yo tendría que haberlo sabido y no llamarlo.

La mañana del funeral subí a Nueva York a ver a Meyer Wolfshiem, ya que parecía que no tenía otra forma de ponerme en contacto con él. La puerta que abrí por indicación del ascensorista estaba marcada como «Compañía de Terrenos Cruz Gamada» y al principio parecía que no había nadie dentro; pero cuando grité «hola, hola» varias veces en vano, estalló una discusión tras una pared divisoria e inmediatamente una judía muy bonita apareció en una puerta interior y me escudriñó con sus ojos negros y hostiles.

—No hay nadie —dijo—, el señor Wolfshiem ha ido a Chicago.

La primera parte de esto era evidentemente falsa pues alguien se puso a silbar dentro *El rosario* desafinadamente.

—Por favor, dígale que el señor Carraway quiere verlo.

—Pero yo no puedo traerlo ahora de vuelta de Chicago, ¿verdad que no?

En ese momento la inconfundible voz de Wolfshiem gritó «¡Stella!» desde el otro lado de la puerta.

—Deje su nombre en el mostrador —dijo ella rápidamente—, se lo daré cuando vuelva.

—Pero yo sé que está ahí dentro.

Dio un paso hacia mí y empezó a pasarse las manos arriba y abajo por las caderas indignada.

—Ustedes los jóvenes creen que pueden forzar su paso aquí cuando quieran —me regañó—; nos estamos hartando de ello. Cuando digo que está en Chicago, es que está en Chicago.

Mencioné a Gatsby.

—¡Ooh! —me miró otra vez—. ¿Podría usted solamente...? ¿Cómo era su nombre?

Desapareció. Un momento después Meyer Wolfshiem estaba solemnemente de pie en la puerta de entrada, tendiéndome ambas manos. Me llevó a su despacho, comentando con voz reverencial que era un momento muy triste para todos nosotros, y me ofreció un cigarro.

—Mi memoria me lleva hacia atrás a la primera vez, cuando lo conocí —dijo—. Un comandante joven recién salido del ejército y todo cubierto de las medallas que consiguió en la guerra. Estaba tan necesitado que tenía que seguir llevando el uniforme porque no podía comprarse ropa normal. La primera vez que lo vi fue cuando fue a los billares de Winebrenner, en la calle 43, a pedir trabajo. No había comido nada en un par de días. «Vamos, venga a almorzar conmigo», le dije. Se comió más de cuatro dólares en comida, en media hora.

—¿Lo inició usted en los negocios? —pregunté.

—¿Que si lo inicié? ¡Yo lo hice un hombre de negocios!

—Oh.

—Lo levanté de la nada, lo saqué directamente de la miseria. Vi inmediatamente que tenía una buena apariencia, de joven caballeroso, y cuando me dijo que había estado en Oggsford supe que podría utilizarlo muy bien. Hice que se apuntase a la Legión Americana y solía destacar allí. Nada más empezar hizo un trabajo para un cliente mío en Albany. En todo estábamos como uña y carne, así —levantó un par de dedos bulbosos entrelazados—, siempre juntos.

Yo me preguntaba si esa colaboración incluía el amaño del Campeonato Mundial de 1919.

—Y ahora está muerto —dije un momento después—. Usted fue su amigo más íntimo, de modo que sé que querrá venir a su funeral esta tarde.

—Me gustaría ir.

—Bueno, pues venga.

Los pelos de los agujeros de su nariz temblaron levemente y cuando meneó la cabeza sus ojos se llenaron de lágrimas.

—No puedo hacerlo... No puedo mezclarme en eso —dijo.

—No hay nada en lo que mezclarse. Ahora todo ha terminado.

—Cuando matan a un hombre no me gusta verme mezclado jamás en ello, de ninguna manera. Me mantengo al margen. Cuando yo era joven era diferente: si moría un amigo mío, fuese como fuese su muerte, yo estaba a su lado hasta el final. Es posible que crea que es por sentimentalismo, pero lo digo en serio: hasta el amargo final.

Vi que por alguna razón suya había decidido no venir, así que me puse en pie.

—¿Es usted hombre de universidad? —preguntó repentinamente.

Por un momento creí que iba a sugerirme una «gonecsión», pero se limitó a afirmar con la cabeza y me estrechó la mano.

—Aprendamos a mostrar a un hombre nuestra amistad cuando está vivo, y no después de que esté muerto —sugirió—; según eso, mi propia regla es dejarlo todo en paz.

Cuando salí de su oficina el cielo ya estaba oscuro y regresé a *West Egg* bajo una llovizna. Después de cambiarme de ropa fui a la casa de al lado y encontré al señor Gatz caminando excitadamente arriba y abajo por el vestíbulo. Su orgullo por su hijo, y por las posesiones de su hijo, crecía continuamente y ahora tenía algo que mostrarme.

—Jimmy me envió esta fotografía —sacó su cartera con dedos temblorosos—. Mire esto.

Era una fotografía de la casa, resquebrajada en las esquinas y sucia del mucho manoseo. Me señaló cada detalle con entusiasmo. «¡Mire aquí!», y luego buscaba la admiración de mis ojos. La había mostrado tan a menudo que creo que para él era más real que la propia casa.

—Me la envió Jimmy. Creo que es una fotografía muy bonita. Muestra todo muy bien.

—Muy bien. ¿Lo vio últimamente?

—Vino a verme hace dos años y me compró la casa donde vivo ahora. Por supuesto, estuvimos deshechos cuando se marchó de casa, pero ahora veo que había un motivo para ello. Él sabía que tenía un gran futuro por delante; y desde que consiguió el éxito ha sido muy generoso conmigo.

Parecía reacio a guardarse la foto, la mantuvo otro rato más, prolongadamente, ante mis ojos. Luego devolvió la cartera a su sitio y del bolsillo se sacó un ejemplar destartalado y viejo de un libro llamado *Hopalong Cassidy*[13].

—Mire, este libro lo tenía él de niño. Lo muestra muy bien.

Lo abrió por la trasera y lo dio la vuelta para que yo lo viese. En la última página de guarda en blanco estaba impresa la palabra HORARIO, y la fecha 12 de septiembre de 1906. Y por debajo:

Levantarse de la cama . . . . 6:00 de la mañana.
Ejercicios con mancuernas y escalada 6:15-6:30
Estudiar electricidad y etc. 7:15-8:15
Trabajo . . . . 8:30-4:30 de la tarde
Béisbol y deportes 4:30-5:00
Practicar elocución, desenvoltura y cómo lograr 5:00-6:00
Estudio de inventos necesarios 7:00-9:00

DECISIONES GENERALES

No malgastar tiempo en Shafters o en (nombre indescifrable).
No fumar ni mascar.
Bañarse cada dos días.
Leer un libro o revista por semana para mejorar.
Ahorrar 5 dólares (tachado) 3 dólares por semana.
Portarme mejor con mis padres.

—Me topé con este libro por casualidad —dijo el viejo—, dice bastante de él, ¿verdad?

—Sí, dice bastante de él.

—Jimmy estaba destinado a triunfar. Siempre tenía algunas decisiones como estas, o algo así. ¿Se da cuenta de lo que hacía para mejorar su mente? Siempre fue muy bueno con eso. Me dijo una vez que yo comía como un cerdo y le pegué por ello.

Era reacio a cerrar el libro, leyó cada entrada en voz alta y luego me miraba ansiosamente. Creo que esperaba que yo copiase la lista para mi propio uso.

---

[13] Héroe *cowboy* muy popular creado por CLARENCE E. MULFORD en 1904. *(N. del T.)*

Un poco antes de las tres, el ministro luterano llegó desde Flushing y yo empecé a mirar involuntariamente por la ventana para ver a los demás automóviles que llegarían. Lo mismo hizo el padre de Gatsby. Y mientras el tiempo pasaba y los sirvientes entraban y se quedaban esperando en el vestíbulo, sus ojos empezaron a parpadear nerviosamente y habló de la lluvia de modo preocupado e inseguro. El ministro miró varias veces su reloj, de modo que lo llevé aparte y le pedí que esperase media hora. Pero fue inútil; no vino nadie.

Alrededor de las cinco, nuestro cortejo de tres automóviles llegó al cementerio y se detuvo bajo una espesa llovizna junto a la entrada. Primero iba una carroza fúnebre, horriblemente negra y mojada; luego el señor Gatz, el ministro y yo en la limusina, y un poco después cuatro o cinco sirvientes y el cartero de *West Egg* en el vehículo familiar de Gatsby, empapados hasta los huesos. Cuando entramos al cementerio por la puerta, oí que se detenía un automóvil y luego el ruido de alguien que chapoteaba sobre el suelo aguanoso detrás de nosotros. Me volví a mirar; era el hombre de los anteojos de búho a quien tres meses antes encontré una noche maravillándose con los libros de Gatsby en su biblioteca.

No lo había visto desde entonces. No sé cómo se enteró del funeral, ni tampoco sé su nombre. La lluvia fluía a raudales por sus gruesos anteojos, se los quitó y los limpió para ver que levantaban la tela que protegía la tumba de Gatsby.

Entonces intenté pensar en Gatsby un momento, pero él ya estaba demasiado lejos y sólo pude recordar, sin rencor, que Daisy no había mandado ningún mensaje ni enviado flores. Oí tenuemente que alguien susurraba «benditos son los muertos sobre los que cae la lluvia», y entonces el hombre de ojos de búho dijo con voz valerosa «amén».

Volvimos rápidamente a través de la lluvia hacia los automóviles. Ojos de búho me habló en la entrada.

—No he podido llegar a la casa —comentó.

—Y tampoco ha podido nadie más.

—¡Aguanta! —se sobresaltó—. ¡Vaya por Dios! Solían ir allá a centenares.

Se quitó los anteojos y los limpió otra vez por dentro y por fuera.

—El pobre hijo de puta —dijo.

Uno de mis recuerdos más vivos es el de volver al oeste desde la escuela secundaria privada y más tarde desde la universidad en Navidad. Aquellos que se iban más allá de Chicago se reunían en la vieja y sombría Union Station a las seis de una tarde de diciembre con unos cuantos amigos de Chicago, que ya estaban atrapados en sus propias alegrías de las fiestas, para darles una despedida precipitada. Recuerdo los abrigos de piel de las muchachas que volvían de la escuela de la señorita Tal o la señorita Cual, y el parloteo de alientos helados, y las manos que saludaban por encima de las cabezas cuando divisábamos a viejos conocidos, y las invitaciones correspondientes: «¿Vas a ir a la fiesta de los Ordway, de los Hersey, de los Schultze?, y los largos billetes del tren, verdes y sujetos con fuerza en nuestras manos enguantadas. Y por último, sobre los raíles junto a la puerta de entrada los oscuros vagones amarillos de la Compañía Ferroviaria de Chicago, Milwaukee y St. Paul parecían tan alegres como la Navidad misma.

Cuando salíamos a la noche invernal y la nieve auténtica, nuestra nieve, empezaba a extenderse a nuestro lado y a titilar contra las ventanas, y pasaban las débiles luces de las estaciones pequeñas de Wisconsin, en el aire aparecía súbitamente un refuerzo de frío, cortante y embravecido. Lo inhalábamos en profundas inspiraciones mientras volvíamos de cenar atravesando las heladas plataformas, indeciblemente conscientes de nuestra identificación con este país durante una hora inesperada antes de que nos fundiésemos sin distinción posible en él otra vez.

Ese es mi Medio Oeste; no el del trigo y las praderas y los pueblos suecos perdidos, sino los emocionantes trenes de mi juventud en los que volvía, y las farolas de la calle y los cascabeles de los trineos en la gélida oscuridad, y las sombras de las guirnaldas de acebo que las ventanas iluminadas arrojaban sobre la nieve. Yo soy parte de eso, un poco solemne por la sensación de aquellos inviernos largos, un poco satisfecho por crecer en la casa de los Carraway en una ciudad donde a las viviendas se las llama todavía, a través de años y años, por el nombre de la familia propietaria. Veo ahora que esto ha sido una historia del oeste, a fin de cuentas. Todos, Tom, Gatsby, Daisy, Jordan y yo, éramos occidentales y quizá poseíamos en común alguna deficiencia que nos hacía sutilmente inadaptables a la vida en el este.

Incluso cuando el este me entusiasmaba más; incluso cuando yo era más agudamente consciente de su superioridad sobre las aburridas, hinchadas y extensas ciudades de más allá del río Ohio, con sus interminables inquisiciones que sólo perdonan a los niños y a los muy ancianos, incluso entonces ha tenido para mí una propiedad distorsionante. Sobre todo el *West Egg*, que aún figura en mis sueños más fantásticos. Lo veo como una escena nocturna de El Greco: un centenar de casas, a la vez convencionales y grotescas, agazapadas bajo un lúgubre cielo colgante y una luna sin brillo. En primer plano, cuatro hombres solemnes vestidos de gala caminan por una acera con una camilla en la que yace una mujer ebria en un blanco vestido de noche. Su mano, que cuelga a un lado, brilla de joyas heladas. Gravemente, los hombres la entregan en una casa, la casa equivocada; pero nadie sabe el nombre de la mujer, y a nadie le importa.

Tras la muerte de Gatsby el este quedó embrujado para mí así, distorsionado hasta más allá del poder de corrección de mis ojos. Así que cuando flotaba en el aire el humo azulado de las quebradizas hojas y el viento dejaba tiesas de frío en la cuerda las húmedas ropas recién lavadas, decidí volver a casa.

Había una cosa que tenía que hacer antes de marcharme, una cosa difícil y desagradable que quizá hubiese sido mejor olvidar; pero yo quería dejar las cosas en orden y no sólo confiar en que el mar servicial e indiferente se encargase de llevarse mis desechos. Vi a Jordan Baker y hablamos largo y tendido de lo que nos había ocurrido juntos y de lo que después me había pasado a mí, y ella se tendió totalmente quieta a escucharme en un gran sofá.

Estaba vestida para jugar al golf y recuerdo que pensé que parecía una buena ilustración de revista, con la barbilla ligeramente alzada, el cabello del color de las hojas en otoño y la cara del mismo tinte tostado que el guante sin dedos que tenía sobre la rodilla. Cuando acabé, me dijo sin comentarlo que estaba comprometida con otro hombre. Lo dudé, aunque hubiera varios con los que podría haberse casado con un simple gesto de asentimiento de su cabeza, pero fingí sorprenderme. Por sólo un momento me pregunté si no estaba cometiendo un error, luego volví a pensarlo rápidamente y me puse en pie para decir adiós.

—Sin embargo, tú me dejaste plantada —dijo Jordan de repente—, me dejaste plantada por teléfono. Ahora no me importas para nada, pero aquello fue una experiencia nueva para mí y durante un tiempo me sentí un poco atontada.

Nos dimos un apretón de manos.

—Ah, ¿y te acuerdas —añadió—, de una conversación que tuvimos una vez sobre ir al volante de un automóvil?

—Vaya, no mucho.

—¿Aquella en la que dijiste que un mal chófer estaba seguro sólo hasta encontrarse con otro malo? Bueno, pues yo me encontré con otro mal chófer, ¿verdad? Quiero decir que fue descuidado por mi parte hacer una suposición tan equivocada. Creí que tú eras una persona sincera y directa; creí que eso era tu orgullo secreto.

—Tengo treinta años —dije— y soy cinco años demasiado mayor para mentirme a mí mismo y llamar honor a eso.

No respondió. Enfadado, medio enamorado de ella y tremendamente apenado, me di la vuelta y me marché.

Avanzado ya octubre vi a Tom Buchanan una tarde. Iba caminando por delante de mí por la Quinta Avenida a su manera alerta y agresiva, con las manos un poco separadas del cuerpo como para defenderse de cualquier intromisión, la cabeza moviéndose bruscamente aquí y allá adaptándose por sí misma a sus inquietos ojos. En el momento que yo iba más despacio para evitar adelantarlo, se detuvo ante el escaparate de una joyería y empezó a fruncir el ceño. De repente me vio y retrocedió con la mano tendida hacia mí.

—¿Qué pasa, Nick? ¿Es que te opones a estrecharme la mano?

—Sí. Ya sabes lo que pienso de ti.

—Estás loco, Nick —dijo rápidamente—, muy loco. No sé qué es lo que te ocurre.

—Tom, ¿qué le dijiste a Wilson aquella tarde? —pregunté.

Me miró sin decir palabra y supe que mi suposición era cierta acerca de aquellas horas que faltaban. Empecé a darme la vuelta, pero dio un paso tras de mí y me agarró por el brazo.

—Le conté la verdad —dijo—. Vino a mi puerta cuando nos estábamos preparando para salir y cuando hice que le dijeran que no estábamos, intentó ir arriba a la fuerza. Estaba lo bastante enloquecido como para matarme si no le decía de quién era ese automóvil. Todo el tiempo que estuvo en la casa tenía un revólver en la mano metida en el bolsillo —cortó, desafiante—: ¿Y qué si se lo dije? Aquello se le echaba encima al individuo ese. Te arrojó polvo a los ojos, lo mismo que hizo con Daisy, pero era un tipo difícil. Atropelló a Myrtle como quien atropella a un perro, y ni siquiera detuvo el automóvil.

No había nada que yo pudiera decir, excepto el hecho indecible de que eso no era cierto.

—Y si crees que yo no tuve mi ración de sufrimiento... Mira, hombre, cuando fui a dejar aquel apartamento y vi aquella maldita caja de galletas para perro sobre el aparador, me senté y lloré como un niño. Dios mío, qué horrible fue...

Yo no podía perdonarlo, ni hacer que me gustase, pero vi que lo que había hecho estaba totalmente justificado para él. Todo había sido muy negligente y oscuro. Tom y Daisy eran gente descuidada, hacían pedazos cosas y personas y luego se retiraban a su dinero, o a su enorme despreocupación, o a lo que fuese que los mantenía juntos, y dejaban que otra gente limpiase el desorden que habían creado...

Le estreché la mano, parecía una tontería no hacerlo porque de repente me sentí como si estuviese hablando con un niño. Luego él entró en la joyería a comprar un collar de perlas —o quizá sólo un par de gemelos de camisa—, libre de mis escrúpulos provincianos para siempre.

La casa de Gatsby aún estaba vacía cuando me marché; la hierba de su césped estaba tan alta como la del mío. Uno de los taxistas del pueblo no pasaba nunca por la verja de entrada sin detenerse un momento y señalar hacia la casa; quizá fuera él quién llevó a Daisy y a Gatsby al *East Egg* la noche del accidente, y quizá había creado toda una historia sobre eso totalmente por su cuenta. Yo no quería oírla y lo evitaba cuando salía del tren.

Me paso las noches de los sábados en Nueva York porque aquellas fiestas resplandecientes y cegadoras de Gatsby permanecían conmigo tan vívidamente que aún podía oír la música y las risas apagadas e incesantes que llegaban desde su jardín, y ver los automóviles yendo y viniendo por el camino de entrada. Una noche oí un automóvil concreto allá y vi que sus faros se detenían frente a la escalera de entrada; pero no lo investigué. Probablemente sería un último invitado que había estado lejos, en los confines de la tierra, y no sabía que la fiesta había terminado.

La noche última, con las maletas en el maletero y el automóvil vendido al tendero de comestibles, fui allá y miré aquel enorme fracaso incoherente de casa una vez más. Sobre los blancos escalones una palabra obscena, garabateada por algún niño con un trozo de ladrillo, se destacaba claramente a la luz de la luna y la borré, frotando ásperamente el zapato sobre la piedra. Luego bajé caminando a la playa y me tumbé sobre la arena.

La mayoría de las grandes casas de la orilla estaban cerradas ahora y apenas había luz alguna excepto el resplandor impreciso y móvil del ferry que cruzaba el Estrecho. Y cuando la luna se elevó más alta, las superfluas casas empezaron a desvanecerse, hasta que poco a poco fui consciente de esta vieja isla de aquí que una vez floreció para los ojos de los marineros holandeses: un pecho nuevo y verde del nuevo mundo. Sus árboles desaparecidos, los árboles que habían cedido el paso para la casa de Gatsby, habían complacido una vez entre susurros el último y mayor de todos los sueños humanos; pues por un momento encantado y transitorio el hombre tuvo que quedarse sin aliento en presencia de este continente, forzado a una contemplación estética que ni comprendía ni deseaba, cara a cara por última vez en la historia con algo proporcional a su capacidad de asombro.

Y mientras estuve allí sentado dándole vueltas al mundo viejo y desconocido, pensé en el asombro de Gatsby la primera vez que identificó la luz verde al final del muelle de Daisy. Había recorrido un largo camino hasta este césped azulado y su sueño debió parecerle tan cercano que a duras penas podía fracasar en agarrarlo. No sabía que ya estaba detrás de él, en algún lugar de aquella vasta oscuridad de más allá de la ciudad, donde los oscuros campos de la república se extienden bajo la noche.

Gatsby creía en la luz verde, en el futuro orgiástico que año tras año retrocede ante nosotros. Se nos escapó entonces, pero no importa; mañana correremos más aprisa, estiraremos los brazos más lejos... Y una buena mañana...

Y así seguimos golpeándonos, barcos contra la corriente, llevados atrás incesantemente hacia el pasado.

F. Scott Fitzgerald, 1925.

ÍNDICE